我愿做
无忧无虑的小孩

拜伦经典诗选

[英] 拜 伦 著

杨德豫 译

George Gordon Byron

中国文史出版社

图书在版编目（CIP）数据

我愿做无忧无虑的小孩：拜伦经典诗选/（英）拜伦著；杨德豫译 . -- 北京：中国文史出版社，2020.12

（经典重现）

ISBN 978-7-5205-2612-8

Ⅰ.①我… Ⅱ.①拜… ②杨… Ⅲ.①诗集－英国－近代 Ⅳ.① I561.24

中国版本图书馆 CIP 数据核字 (2020) 第 235032 号

责任编辑：金 硕

出版发行	中国文史出版社	
社 址	北京市海淀区西八里庄路 69 号院 邮编 :100142	
电 话	010-81136606 81136602 81136603 81136605（发行部）	
传 真	010-81136655	
印 装	北京新华印刷有限公司	
经 销	全国新华书店	
开 本	880×1230 1/32	
印 张	7.5	
字 数	150 千字	
版 次	2021 年 1 月北京第 1 版	
印 次	2022 年 3 月第 2 次印刷	
定 价	49.00 元	

前　言

　　拜伦是伟大的诗人，又是伟大的革命家。他那些雷奔电激、波翻云涌的诗篇，在他生前便震撼了整个欧洲大陆，他死后近两百年来仍在全世界传诵不衰。歌德说拜伦是"19世纪最伟大的天才"；普希金称拜伦为"思想界的君王"；鲁迅坦然承认：他自己早期对被压迫民族和人民"哀其不幸，怒其不争"的思想和"不克厥敌，战则不止"的精神，都是从拜伦那里学来的。

一

　　乔治·戈登·诺艾尔·拜伦（George Gordon Noel Byron）1788年1月22日诞生于伦敦。虽然父系家族是英国贵族世家，父亲约翰·拜伦却是败家浪子。他因苏格兰少女凯瑟琳·戈登（拜伦的母亲）有一笔丰厚遗产而和她结婚，把她的财产耗尽后，又弃她而浪迹欧陆。拜伦的母亲受此刺激，精神很不正常，生拜伦后，常常迁怒于他，对他苛责凌辱。而拜伦又自幼跛足。这些，就逐渐形成了拜伦性格中的敏感、自尊、好强、孤傲、暴烈、反抗、悲观、阴郁等特点。

拜伦幼时跟母亲住在苏格兰，生活贫困。十岁时，因伯祖父威廉·拜伦去世而承袭男爵爵位，家境好转。1801 至 1805 年在哈罗公学，1805 至 1808 年在剑桥大学读书。在此期间，他阅读了大量文学作品和历史、哲学著作，深受法国启蒙思想家卢梭、伏尔泰等人思想的影响。1807 年，他出版了第一本诗集《闲散的时光》。1809 年迁居伦敦，在上议院获得世袭的议员席位。同年出版了讽刺诗《英格兰诗人和苏格兰评论家》，受到赞誉，在英国诗坛初露锋芒。

1809 年 6 月，拜伦离开英国，先后游历了葡萄牙、西班牙、阿尔巴尼亚、希腊和土耳其，1811 年 7 月回国。他这次出国远游，饱览了各地的自然景色，观察了各国的社会生活和政治制度，接触了各阶层的人。他亲眼看到了给法国侵略者以沉重打击的西班牙游击队，看到了在土耳其铁蹄蹂躏下正在聚集力量准备进行解放斗争的希腊人民。这次旅行也使他对南欧各民族的文化产生了强烈兴趣。这些，都对他的思想和创作产生了重要影响。旅途中他开始写作《恰尔德·哈罗德游记》。这首长诗的第一、二章于 1812 年 2 月出版后，立即震动了英国文坛，并赢得全欧洲的声誉。拜伦说："早晨我一觉醒来，发现自己已经成名，成了诗坛上的拿破仑。"而他在 1813—1815 年间创作的《东方故事诗》六种，出版后更是风靡一时，吸引了广大读者。

1811 至 1812 年，英国爆发了工人破坏机器的"卢德运动"。1812 年春，英国国会制定《编织机法案》，规定凡破坏机器者一律处死。2月27日，拜伦在上议院发表演说，为破坏机器的工人辩护，并严厉谴责政府当局对工人的残暴镇压。4月21日，他第二次在上议院演说，猛烈抨击英国政府对爱尔兰的压迫和奴役政策。拜伦在国会的两次演说，还有他那些矛头指向反动当局的作品，使他与英国统治集团结下了不解的仇恨。1814年，他又因写诗嘲讽摄政王乔治，遭到了豪绅政客和御用文人的围攻。1815年滑铁卢战役后，俄、普、奥等国政府结成"神圣同盟"，力图在欧洲维护封建统治秩序，扑灭各国的革命和民族独立运动。在此后数年中，拜伦成为欧洲各国进步势力反对"神圣同盟"的思想领袖。1816年春，拜伦的妻子米尔班克离家出走并要求分居。英国各种守旧势力便以此为口实，对拜伦再次展开汹汹围攻，规模之大，声势之猛，远超过1814年那一次。同年4月，拜伦便永远离开了英国。

他先到比利时，凭吊了滑铁卢战场。然后溯莱茵河到瑞士，在莱蒙湖畔住了四个多月。在这里结识了雪莱夫妇，时相过从。雪莱的无神论和乐观主义，对拜伦的思想和创作产生了有益的影响。10月，拜伦从瑞士移居意大利，不久便与谋求意大利独立解放的秘密革命组织烧炭党发生接触。在此后的几年中，拜伦积极参与烧炭党反抗奥地利统治的革命活动，为党人草拟革命传单、宣言等文件。奥地利当局视拜伦为眼中钉，检查他的信件，禁止他的作品出版发行，派警察、暗探对他盯梢，甚至雇了刺客准备暗杀他。

1816 至 1817 年间，拜伦除了完成《恰尔德·哈罗德游记》第三、四章外，还写了《锡雍的囚徒》《曼弗瑞德》和《贝波》等作品。从 1818 年开始，陆续写《堂璜》各章。1820 至 1822 年，创作了《该隐》《爱尔兰的万家生佛》《审判的幻景》和《青铜时代》，还写了几部历史剧，包括《马里诺·法利埃罗》和《福斯卡利父子》等。

　　1821 年，烧炭党所组织的革命起义终归失败。此后，拜伦的注意力转向希腊的民族解放斗争。他要求加入在伦敦成立的英国支援希腊独立委员会，并表示愿意亲赴希腊参战。得到委员会的同意后，他便把变卖庄园所得款项和稿费积蓄都捐献出来，支援希腊的独立事业。1823 年 7 月中旬，他雇了一艘大船，带着炮两门、其他军械若干、马五匹、药品若干、西班牙币五万元，从意大利西海岸出发，前往希腊。8 月 3 日到达希腊的凯法利尼亚岛，为军队的整顿、训练和作战进行各项准备工作。1824 年 1 月 5 日到达迈索隆吉翁，受到万人空巷的盛大欢迎。后来，他被希腊独立政府任命为希腊独立军一个方面军的总司令，致力于军事、政治、经济各方面的繁重事务，十分紧张劳累，每天与士兵吃同样的伙食，和士兵一道参加军事操练。4 月终因操劳过度而病倒。迁延至 4 月 18 日，他自知不起，说："不幸的人们！不幸的希腊！为了她，我付出了我的时间、我的财产、我的健康；现在，又加上了我的生命。此外我还能做什么呢？"4 月 19 日逝世，年仅三十六岁。

二

在拜伦的大量作品中，这里只能择述主要的几种。《东方故事诗》六种（1813—1815）包括《异教徒》《阿比多斯的新娘》《海盗》《莱拉》《围攻科林斯》和《巴里西娜》，故事都取材于东方（西亚和南欧），充满了异域情调和浪漫色彩，显示了作者用诗体叙事的卓越才能。尤其引人注目的是：这些诗篇的主人公都是所谓"拜伦式英雄"——热情的、意志坚强的、高傲的、英勇不屈的，然而又是孤独的、阴郁的、个人主义的、与社会对立的反抗者和叛逆者。《东方故事诗》既表现了拜伦绝不调和妥协的反抗精神，也反映了他在欧洲革命低潮时期的彷徨、苦闷、怀疑和失望。

长诗《恰尔德·哈罗德游记》（1809—1817）分为四章。第一、二章实际上是作者1809至1811年漫游葡萄牙、西班牙、阿尔巴尼亚、希腊等地的诗体游记，其中歌颂了南欧人民反抗侵略压迫、争取自由解放的斗争。第三章是作者1816年旅居比利时和瑞士的见闻和感受。他在这一章中评论了欧洲的一些重大历史事件，反映了1815年拿破仑覆败以后欧洲历史新阶段的面貌。第四章主要是写意大利，表现了对意大利民族解放斗争和人民命运的关怀。第三、四章的写作时间比第一、二章晚了几年，在思想上和诗艺上都更加成熟了。

诗剧《曼弗瑞德》（1816—1817）的故事发生于阿尔卑斯山，

主人公住在深山古堡里，精神上充满痛苦，过着孤独而阴郁的生活，与各种超自然的神魔相接谈，傲慢地面对自己的悲剧命运。在魔鬼面前，曼弗瑞德至死也丝毫不屈，这就与歌德笔下的浮士德不同，而仍与《东方故事诗》中的"拜伦式英雄"相似。

拜伦在 1820 至 1821 年间所写的几部历史剧，可以举出《马里诺·法利埃罗》（1820）为代表。此剧描写 14 世纪威尼斯总督法利埃罗企图推翻贵族寡头暴政而终归失败的事迹。剧中通过主人公如下一段独白，阐述了暴力革命的正义性："用什么方法呢？目的崇高，任何方法都是合理的。人流出几滴血又算什么？这算不得人血，暴君流的血不是人血。暴君就像吃人的摩洛^①，喝我们的血，他们把多少人送进了坟墓，到头来自己也被送进坟墓。"剧中还描写了两个忠心耿耿为争取人民权利而斗争的平民领袖。这个剧本中出现的人物形象，已远非《东方故事诗》中那些个人主义的、孤独绝望的反抗者所能比拟。

诗剧《该隐》（1821）同基督教《圣经》大唱反调，大胆指出：上帝（耶和华）是一个凶残邪恶的暴君，是世间一切罪恶和不幸的总根子。剧中赞美反抗上帝的该隐，赞美同上帝分庭抗礼的"恶魔"卢息弗，谴责在上帝面前恭顺服从的奴性，表现了反抗到底、决不妥协的叛逆精神。此剧受到歌德、雪莱等人的热烈称赞，雪莱说，此剧表明拜伦是"弥尔顿以后无敌的大诗人"。但英国贵

---

① 摩洛，要儿童作献祭品的神。屡见于《旧约》。

族社会和教会则为之哗然，群起挞伐，谥拜伦为"恶魔"，大法官艾尔登也亲自出马，诋毁此剧。

讽刺长诗《审判的幻景》（1821）揭露英国的反动统治者，特别是指斥死去不久的英王乔治三世的种种罪恶，说他是自由的头号敌人；并嘲讽给这个昏君唱赞歌的"桂冠诗人"骚塞。这首诗被认为是讽刺诗中的典范。长诗《青铜时代》（1822）以"神圣同盟"各国首脑在意大利维罗纳举行的会议为题材，用讽刺笔法描绘了俄皇亚历山大一世、法王路易十八、英国统帅威灵顿等人的肖像，严正斥责"神圣同盟"镇压各国人民革命运动的反动政策和措施，赞美反抗奴役、挣脱锁链的西班牙等国人民。

一万六千余行的长诗《堂璜》（1818—1823）被公认为拜伦最重要的作品。因此，这里也以较多的笔墨，对《堂璜》作较为详细的介绍。

在西欧的古老传说中，堂璜原是西班牙一个荒淫无耻的花花太岁。而在拜伦的笔下，他成了一个虽然风流成性却也端方正直、热情勇敢的英俊青年，他生活的时代也移到了18世纪末叶。全诗的主要情节是：堂璜十六岁时便与街邻少妇私通，奸情败露后被迫离开西班牙；航船在海上遇险沉没，堂璜漂流到一座希腊小岛，与海盗头子的女儿相爱，又被海盗头子活活拆散；堂璜被卖为奴，进入土耳其后宫，被王妃看上，又险些被她杀害；逃出后，投入了攻打土耳其的俄国军队，因立有战功，被俄军统帅派往彼得堡向女皇呈送捷报，从此成为女皇的宠臣；后来又被女皇派往英国处理外交事务。长诗的写作因拜伦赴希腊而中断，没有完成；按照拜伦原来的意图，还想"让主人公周游欧洲"，最后参加法国大革命并在革命中死去。

故事情节是引人入胜的，何况拜伦又很善于讲故事，讲起来不仅娓娓动听，简直勾魂摄魄。然而，如果仅仅是故事，那还远远不足以说明这部巨著的价值。《堂璜》之所以成为世界文学宝库中的瑰宝，主要是由于：它以整个欧洲为背景，用史诗般的、百科全书般的宏大规模，从各个不同的侧面和角度，运用千变万化的手法，广泛、真实而又深刻地反映了 18 世纪末叶到 19 世纪初期欧洲的政治和社会面貌，是对整个时代与社会的写照、评论和总结。而全诗的主要基调则是讽刺。

长诗历历如绘地记叙和描写了堂璜的所见、所闻、所历与所作所为，同时又连连不断地插入诗人自己妙趣横生、鞭辟入里的议论和评说，而讽刺的基调便贯穿在记叙和议论这两者之中。诗人讽刺暴君和专制暴政，讽刺王室、大臣、将帅、教会和御用文人，讽刺攻城略地、杀人盈野的战争，讽刺武装镇压集会示威群众的血腥暴行，讽刺贵族豪门绅士淑女的虚伪、冷酷和卑劣，讽刺所谓"上流社会"的政治角逐、社交活动和家庭生活，讽刺被视为天经地义的宗教、法律、道德规范和风尚习俗……总之，是对英国和整个欧洲贵族社会和贵族政治的无情揭露和深刻批判。无怪乎拜伦自己曾经说过：《堂璜》是一部讽刺史诗。

《堂璜》的另一基调是抒情。讽刺与抒情本来是难以水乳交融的，拜伦却能够从容运笔，挥洒自如，把两者巧妙地熔铸在一起，而不显得生硬或突兀。长诗充分表明：作者既是讽刺的巨匠，也是抒情的高手。本书节选的《堂璜与海蒂》这一大段，便是《堂璜》全诗中抒情气氛和浪漫色彩最浓的部分。

《堂璜》气势恢宏，包罗万象，像生活本身那样缤纷多彩。诗中有许多精彩非凡的笔墨，或荡气回肠，或惊心动魄，或风流旖旎，或奇突诙谐，千状万态，变化无穷，本书所节选的部分也同样如此。

本书收录的诗篇，原诗基本上都是格律体。把英语格律诗译成现代汉语（白话）格律诗，这是闻一多、孙大雨、卞之琳诸先生所提倡并经过实践检验的正确主张，也是笔者长期以来所遵循的准则。本书收录的拙译，除少数几首外，绝大多数译诗每行的顿数都与原诗的音步数相等，韵式（包括行内韵）也完全仿照原诗。

本书译者所译的拜伦诗歌选集，曾先后在大陆的五家出版社和台湾的两家出版公司出版过，累积印数已超过50万册，但各种版本的书名、篇幅、译文内容都有所不同。现在由中国文史出版社出版新的版本，译者又对译文做了修订。

悼玛格丽特表姐 ①

晚风沉寂了，暮色悄然无声，

　　林间不曾有一缕微飔吹度；

我归来祭扫玛格丽特的坟茔，

　　把鲜花撒向我所挚爱的尘土 ②。

这狭小墓穴里僵卧着她的身躯，

　　想当年芳华乍吐，闪射光焰；

如今可怖的死神已将她攫去，

　　美德和丽质也未能赎返天年。

哦！只要死神懂一点仁慈，

　　只要上苍能撤销命运的裁决！

吊客就无须来这儿诉他的悲思，

---

① 这是现存的拜伦诗歌中最早的一首，1802 年作者 14 岁时所作。1807 年收入诗集出版时未做修改。据《拜伦日记》，玛格丽特·帕克是作者的表姐，约比作者大一岁，生前与作者感情甚笃。作者最早的一首诗（作于 1800 年，已失传）就是为她而作的。约在她 14 或 15 岁时，因不慎跌伤，脊骨受损，终于不治。当时作者正就读于伦敦郊外的哈罗公学，直到她死后才得知消息。这首诗是稍后作者回来给她扫墓时写的。

② 此处的"尘土"不仅指坟墓的一抔之土，也指坟墓中的死者。典出《旧约·创世记》第 3 章耶和华对亚当说的话："你本是尘土，仍要归于尘土。"

诗人也无须来这儿赞她的莹洁。

为什么要悲恸？她无匹的灵魂高翔，

　　凌越于红日赫赫流辉的碧落；

垂泪的天使领她到天国的闺房，

　　那儿，善行换来了无尽的欢乐。

可容许放肆的凡夫问罪上苍，

　　如痴似狂地斥责神圣的天意？

不！这愚妄的意图已离我远飏，

　　我岂能拒不顺从我们的上帝！

但对她美德的怀想是这样亲切，

　　但对她娇容的记忆是这样新鲜；

它们依旧汲引我深情的泪液，

　　依旧盘桓在它们惯住的心田。

（1802 年）

给 M. S. G.

要是我梦见你爱我，你休怪，
　　休要迁怒于睡眠；
你的爱只在梦乡存在——
　　醒来，我空余泪眼。
睡神！快封闭我的神志，
　　让昏倦流布我周身；
愿今宵好梦与昨夜相似：
　　像仙境一样销魂！
听说，睡眠——死亡的姊妹，
　　也是死亡的样品；
天国倘若是这般滋味，
　　愿死神早早降临！
舒眉展眼吧，美人，且息怒，
　　我何曾心花怒放；
梦中的罪孽要清算：幸福
　　只许我凝眸痴望。
梦中，也许你笑口微开，

莫说我受罚还不够——
入睡，被美梦欺哄；醒来，
这苦刑怎生忍受！

勒钦伊盖 ①

去吧，秾艳的景色，玫瑰的园圃！

　　让富贵宠儿在你们那里遨游；

还给我巉岩峻岭——白雪的住处，

　　尽管它们已许身于爱和自由；

喀利多尼亚 ②！我爱慕你的山岳，

　　尽管皑皑的峰顶风雨交加，

不见泉水徐流，见瀑布飞泻，

　　我还是眷念幽暗的洛赫纳佳！

啊！我幼时常常在那儿来往，

　　头戴软帽，身披格子呢外衣；③

缅怀着那些亡故多年的酋长，

　　我天天踱过松柯掩映的林地。

---

① 勒钦伊盖（当地盖尔语称之为"洛赫纳佳"）：苏格兰东北部格兰皮恩山脉的
　高峰，海拔 1154 米，峰顶终年积雪。作者 8 岁时曾住在该峰附近。

② 喀利多尼亚：苏格兰的拉丁语名称。

③ "软帽"指苏格兰男子所戴的扁平软帽。"格子呢外衣"是苏格兰高地人的服装。
　下行的"酋长"指苏格兰的氏族首领。

直到白昼收尽了暗淡的余光，

　　北极星当空闪耀，我才回家；

流传的故事勾起迷人的遐想，

　　是山民传述的——在幽暗的洛赫纳佳。

"逝者的亡灵！难道我没有听到

　　席卷暗夜的怒风里，你们在喧呼？"

英雄的精魂定然会开颜欢笑，

　　驾驭雄风驰骋于故乡的山谷。

当风雪迷雾在洛赫纳佳聚拢，

　　冬之神驱着冰车君临天下，

云霾围裹着我们祖先的身影，

　　在那风暴里——在幽暗的洛赫纳佳。

"不幸的勇士们！竟没有什么异象

　　预示命运遗弃了你们的事业？"①

你们注定了要在克洛登阵亡，

　　哪有胜利的欢呼将你们酬谢！

总算有幸，和你们的部族一起，

---

① 1745 年，查理·爱德华·斯图亚特（1720—1788）率领苏格兰高地人起事。1746 年，在茵弗内斯以东的克洛登荒原被英格兰军队击败。查理逃往法国。此后，苏格兰的氏族制度全被摧毁，参加起事的首长被撤换，氏族法庭、氏族服装甚至风笛也都遭禁止。据作者原注，作者的母系先人——戈登家族有不少人参加过查理的队伍。

在勃瑞玛①岩穴，你们长眠地下；
高亢的风笛传扬着你们的事迹，
峰峦回应着——在幽暗的洛赫纳佳。
洛赫纳佳啊，别后已多少光阴！
再与你相逢，还要过多少岁月！
造化虽不曾给你繁花和绿荫，
你却比艾尔宾②的原野更为亲切。
从远方山岳归来的游子眼中，
英格兰！你的美过于驯良温雅；
我多么眷念那粗犷雄峻的岩峰！
那含怒的奇景，那幽暗的洛赫纳佳！

① 勃瑞玛：苏格兰阿伯丁郡南部格兰皮恩山地的一个地区，在勒钦伊盖以北。
② 艾尔宾：英格兰的古称。

我愿做无忧无虑的小孩

我愿做无忧无虑的小孩，

　　仍然居住在高原①的洞穴，

或是在微曛的旷野里徘徊，

　　或是在暗蓝的海波上腾跃；

撒克逊②浮华的繁文缛礼

　　不合我生来自由的意志，

我眷念坡道崎岖的山地，

　　我向往狂涛扑打的巨石。

命运啊！请收回丰熟的田畴，

　　收回这响亮的尊荣称号！③

我厌恶被人卑屈地迎候，

　　厌恶被奴仆躬身环绕。

_____

① 高原：指苏格兰高地。

② 在苏格兰的盖尔语中，"撒克逊"一词可指英格兰人。

③ 作者幼时跟母亲住在苏格兰，过着贫困的生活。10岁时，由于伯祖父（第五代拜伦男爵）去世，没有嗣子，作者便成为第六代拜伦男爵（诗中"响亮的尊荣称号"指此），继承了纽斯台德寺院、罗岱尔两处房产和两千多亩土地（诗中"丰熟的田畴"指此）。

把我放回我酷爱的山岳，

　　听峻岩应和咆哮的海洋；

我只求让我重新领略

　　我从小熟悉的故国风光。

我虽然年少，也能感觉出

　　这世界绝不是为我而设；

幽冥的暗影为何要幂覆

　　世人向尘寰告别的时刻？

我也曾瞥见辉煌的梦境——

　　极乐之乡的神奇幻觉；

真相啊！为何你可憎的光明

　　唤醒我面临这么个世界？

我爱过——所爱的人们已离去；

　　有朋友——早年的友谊已终结；

孤苦的心灵怎能不忧郁，

　　当原有的希望都黯然熄灭！

纵然酒宴中欢谑的伙伴们

　　把恶劣情怀驱散了片刻；

豪兴能振奋痴狂的灵魂，

　　心儿啊，心儿却永远寂寞。

多无聊！去听那些人闲谈：

　　那些人与我非敌非友，

是门第、权势、财富或机缘

使他们与我在筵前聚首。
把几个忠诚的密友还给我！
　　还是原来的年纪和心情！
躲开那半夜喧嚣的一伙——
　　他们的欢乐不过是虚名。

美人，可爱的美人！你就是
　　我的希望，慰藉，和一切。
连你那笑靥的魅力也消失，
　　我心中怎能不奇寒凛冽！

又富丽又惨苦的繁嚣俗境，
　　我毫无叹惜，愿从此告辞；
我只要怡然知足的恬静——
　　"美德"熟识它，或似曾相识。

告别这熙来攘往的去处——
　　我不恨人类，只是想避开；
我痴心寻觅阴沉的幽谷，
　　那暝色契合我晦暗的胸怀。

但愿能给我一双翅膀：
　　像斑鸠飞回栖宿的巢里，
我也要展翅飞越穹苍，
　　飘然远引，得享安息。①

---

① 《旧约·诗篇》第55篇："我说，但愿我有翅膀像鸽子，我就飞去，得享安息。"

为别人祝福的痴情祷告

为别人祝福的痴情祷告
   要是真能够上达天听，
我的祷祝也不会虚耗，
   会把你芳名吹送天庭。
言语、叹息、哭泣都无用：
   "内疚"的眼里虽血泪交流，
所能倾诉的全部哀痛
   也不及这一句：永别了，永久！
双唇已喑默，两眼已干枯；
   但是，在我的脑海和心胸
唤醒了再难入睡的思绪，
   唤醒了永不消逝的苦痛。
灵魂不肯也不敢指控，
   "哀伤"和"悲愤"却抗议不休；
我只是知道：相爱已成空，
   我只是想道：永别了，永久！

（1808 年）

当初我们俩分别 ①

当初我们俩分别，

    只有沉默和眼泪，

心儿几乎要碎裂，

    得分隔多少年岁！

你的脸发白发冷，

    你的吻更是冰凉；

确实啊，那个时辰

    预告了今日的悲伤！

清晨滴落的露珠

    浸入我眉头，好冷——

对我今天的感触

    仿佛是预先示警。

你把盟誓都背弃，

    名声也轻浮浪荡；

---

① 这是拜伦抒情诗中的名篇。一般的拜伦诗集都把它和 1808 年的作品摆在一起；
实际上，它是 1813 年秋天写的，当时拜伦 25 岁。

听别人把你说起，

　　连我也羞愧难当。

他们当着我说你，

　　像丧钟响在耳旁；

我周身止不住战栗——

　　对你怎这样情长？

他们不知我熟悉你——

　　只怕是熟悉过度！

我会久久惋惜你，

　　深切得难以陈诉。

想当初幽期密约；

　　到如今默默哀怨：

你的心儿会忘却，

　　你的灵魂会欺骗。

要是多少年以后，

　　我偶然与你相会，

用什么将你迎候？

　　只有沉默和眼泪。

赠一位早年的朋友 ①

不过几年前，你和我还是

　　至少名分上，最好的朋友，

孩子心灵的快乐和诚实

　　使我们的情谊真纯耐久。

如今，正像我，你也已熟知

　　有多少俗务磨灭了热情；

人们相爱不管多深挚，

　　转眼就忘得一干二净。

早岁的友情竟这样脆弱，

　　世人的心意竟这样善变；

一个月，甚至一天的间隔，

　　就使你的心与我的疏远。

既如此，我也无须乎痛惜

　　失去了一个朋友的友情；

---

① 这首诗是作者 20 岁时所作，赠给一位童年的密友。诗中除了对这位男友提出规劝外，也表达了作者对人生、对社会、对友谊的看法。作者蔑视权贵、愤世嫉俗以至厌世的思想，在诗中都有表露。

只能怪造化，不能怪你：

　　是她造成你如此无恒。

正如那海潮升沉不定，

　　人的情愫也有涨有消；

谁会相信有这样的心灵——

　　汹涌的热情永远是高潮？

从小在一起，我们小时候

　　日子多快活——又有什么用！

我生命的春天已匆匆溜走；

　　你呢，也一样，不再是孩童。

我们永别了童年岁月，

　　成为浮华世界的走卒，

向"真诚"告辞：在这个世界，

　　最高洁的灵魂也难免受污。

欢畅的季节！当一颗童心

　　什么都敢做，只除了谎骗；

自由的心思啊无拘无禁，

　　柔和的两眼啊光辉闪闪。

进入成年，就完全变样：

　　人本身变成了一样工具；

"私利"左右着忧虑和希望，

　　爱什么，恨什么，都得按规矩。

我们学会了：让自己的罪咎

　　与愚夫恶行同流合污；

那已遭败坏的称号——"朋友"

　　也仅仅给予这一类愚夫。

人人如此，命数攸归，

　　我们又岂能逃脱这灾厄？

我们又岂能一反常规，

　　不演这人人必演的角色？

至于我，我一生时时处处，

　　命运都如此暗无光彩；

对世人，对尘世，我满怀憎恶，

　　何时辞世，我毫不萦怀。

而你，性格轻浮而纤弱，

　　你的光亮须臾就消失；

像流萤只在夜间闪烁，

　　却不敢面对煌煌的白日。

王公与佞臣聚集的场所，

　　"愚昧"在那儿一呼百应

（发迹于宫廷王府的"罪恶"

　　对"愚昧"大表亲善欢迎），

如今你夜夜参加聚会，

　　扰攘的人群里添一条虫蚁；

与凡庸为伍，向豪强献媚，

　　你浮薄的心中却沾沾自喜。

在名媛淑女间轻行款步，

　　殷勤，敏捷，笑容却虚假，

像青蝇沿着秾艳的花圃，

　　污染它难得品味的娇花。

你热情像沼地雾气飘行，

　　东奔西逐，朝三暮四，

这种磷火般明灭的爱情，

　　又有哪位美人会珍视！

哪位亲友肯对你眷顾，

　　即使他心中原有此意？

享有你友谊的尽是些愚夫，

　　谁愿去分享，贬辱他自己？

但愿你及早抽身自拔，

　　再不要当众丢人现眼；

再不要飘飘然虚度年华；

　　怎么样都行，只除了——下贱。

（1808 年）

纽芬兰犬墓碑题诗 ①

当一位人间骄子一命归西，

与荣誉无缘，却有显赫的门第；

名匠的雕刻炫示殡葬的隆重，

墓室的图像描绘死者的事功；

---

① 这是一篇淋漓尽致、骂尽世人的奇文。既表现了作者对人世间种种卑劣丑恶
现象腐心切齿、深恶痛绝的心情，也表现了作者的孤傲寡合，目无余子。"纽
芬兰犬"即作者的爱犬波森。波森死后，作者把它葬在自家邸宅（纽斯台德
寺院）的庭园里，并树立碑石。碑上除铭刻此诗外，诗的前面还有如下的铭文，
可与此诗并读：

> 在此处下方
> 存有一物之遗体：
> 它有美质，而无虚荣，
> 有威力，而无骄慢，
> 有胆量，而无残暴，
> 有人的一切美德，而无其邪恶。
> 这一篇颂词，倘若铭刻在人的墓顶，
> 那就是一文不值的谀辞；
> 在这却是恰如其分的赞美——用以纪念
> 波森，一条狗，
> 1803 年 5 月生于纽芬兰，
> 1808 年 11 月 18 日卒于纽斯台德寺院。

波森死后三年，拜伦在 1811 年预立遗嘱，吩咐：他本人死后，也要葬在纽斯
台德寺院的庭园里，与波森之墓相邻。

这一切告竣，在墓地所能见到

就全是虚夸，全不似他的真貌。

怎如这条狗，是最可信赖的朋友，

主人还家，第一个趋前迎候；

挺身卫主，与主人心心相印，

全为了主人，才劳碌、搏斗、生存；

卑微地死去，好品德不为人知，

灵魂进不了天国，横遭拒斥；①

而人——愚妄的虫蚁！只希图免罪，

想自家独占天堂，排斥异类。

人啊！你这虚弱的、片时的客户！

权力腐蚀你，奴役更使你卑污；

谁把你看透，就会鄙弃你，离开你——

僭获生命的尘土，堕落的东西！②

你的爱情是淫欲，友谊是欺诈，

你的笑容是伪善，言语是谎话！

你本性奸邪，称号却堂皇尊贵，

跟畜生相比，你真该满脸羞愧。

---

① 基督教宣称人死后灵魂可进入天国。狗当然无此福分。这几行是对这种宗教
　谎言的辛辣嘲讽。

② 据《旧约·创世记》第2章,耶和华(上帝)用地上的尘土捏成人形,赋予生命,
　遂成活人。

谁望见这简朴坟墓，请移步走远——
你们所哀悼的人物与此地无缘。
谨在此立碑，标志我朋友的墓地：
我生平唯一的朋友——在此安息。

（1808 年 11 月 30 日于纽斯台德寺院）

答一位淑女 ①

——她问我为什么明年春天要出国远游 ②

当人 ③ 被逐出伊甸的园门，

  在门首盘桓，不忍遽去，

眼前的一切都枨触前尘，

  都叫他诅咒未来的境遇。

尔后，他浪迹异域关山，

  把沉重悲辛默默熬受；

对往日良辰只付之一叹，

  借纷繁景象排遣离愁。

---

① "一位淑女"：指玛丽·安·查沃思。作者十几岁的时候热爱过她。1805 年，她和别人结了婚。1822 年，作者在回忆早年同她的交往时，曾十分遗憾地说："热情只是我单方面的。……她喜欢我只像喜欢一个弟弟那样，把我当孩子一样看待和取笑。……如果我和她结了婚，我的整个人生途程便会大不相同了。"

② 此诗写于 1808 年 12 月。当时作者已定于翌年春天离英国去东方（指南欧和西亚）游历。

③ 人：指亚当。据《旧约·创世记》第 2—3 章，耶和华让亚当、夏娃二人（人类的始祖）住在伊甸乐园里；后来，他们违反耶和华的嘱咐，偷吃了知识之树的果子，被耶和华逐出伊甸园。

亲爱的玛丽！我也像这般，

　　不得不与你芳姿告别；

倘若我在你左近盘桓，

　　我也会叹惜往日的一切。①

远游能使我明智地脱险，

　　逃离此间魔障的引诱：

只要我还能见到这乐园，

　　就不甘默认我无福消受。

（1808 年 12 月 2 日）

---

① 暗示由于玛丽已和别人结婚，作者也像亚当一样失去了乐园。

在马耳他，题纪念册 ①

正如一块冰冷的墓石
  死者的名字使过客惊心，
当你翻到这一页，我名字
  会吸引你那沉思的眼睛。
也许有一天，披览这名册，
  你会把我的姓名默读；
请怀念我吧，像怀念死者，
  相信我的心就葬在此处。

（1809 年 9 月 14 日）

---

① 作者 1809 年到南欧游历时，曾在地中海的马耳他岛小住。

雅典的女郎

趁我们还没分手的时光，
还我的心来，雅典的女郎！
不必了，心既已离开我胸口，
你就留着吧，把别的也拿走！
我临行立下了誓言，请听：
我爱你啊，你是我生命！①
凭着你那些松散的发辫——
爱琴海的清风将它们眷恋；
凭着你眼皮——那乌黑的眼睫
亲吻你颊上嫣红的光泽；
凭着你小鹿般迷人的眼睛，
我爱你啊，你是我生命！
凭着我痴情渴慕的红唇；
凭着那丝带紧束的腰身；

---

① 这一行和以下各节的末行，原文为希腊文。

凭着定情花——它们的暗喻 ①

胜过了人间的千言万语；

凭着爱情的欢乐和酸辛，

我爱你啊，你是我生命！

我可真走了，雅典的女郎！

怀念我吧，在孤寂的时光！

我身向伊斯坦布尔飞奔，

雅典却拘留了我的心魂：

我能够不爱你吗？不能！

我爱你啊，你是我生命！

（1810 年，雅典）

---

① 希腊少女常以花朵作为表白爱情的信物。

希腊战歌

——译自希腊文 [1]

起来，希腊的儿男！

　光荣的时刻已到来，

要效法我们的祖先，

　不枉作英豪的后代！

　　起来，希腊的儿男！

　挥戈向敌人迎战，

　　让他们腥臭的血川

　　像河水在脚下奔窜！

让我们高傲地抗拒

---

[1] 拜伦 1810 年在希腊游历时，翻译了希腊革命烈士里加斯（1757—1798）的这首诗歌。当时希腊正遭受土耳其的统治和奴役，拜伦始终深情关注希腊人民争取独立自由的斗争。十三年之后（1823 年），拜伦终于由诗人而战士，直接投身到希腊的独立军中；1824 年，他在希腊的土地上献出了年轻的生命。参看后面的《本国既没有自由可争取》（第 97 页）、《凯法利尼亚岛日记》（第 103 页）、《致苏里人之歌》（第 104 页）、《三十六岁生日》（第 106 页）、《哀希腊》（第 125 页）诸篇。此外，拜伦在《恰尔德·哈罗德游记》《异教徒》《青铜时代》等诗中，也曾多次追怀古希腊的光荣历史，痛悼希腊衰落沉沦的命运。

土耳其暴君的强权，

让祖国眼见她儿女

　站起来，砸碎锁链！

先王和先哲的英灵

　来检阅这场决战！

希腊的列祖列宗

　听到号角的呼唤，

快从坟墓中苏生，

　参加我们的战斗！

要攻克七山之城①，

　夺回我们的自由！

　　　起来，希腊的儿男！

　　挥戈向敌人迎战，

　　让他们腥臭的血川

　　像河水在脚下奔窜！

醒来吧，斯巴达！今天

　你怎能高卧不起？

同你的老伙伴雅典

① 据拜伦原注，此处"七山之城"是指君士坦丁堡。

快联合起来抗敌！①

把历代讴歌的主君
　　列奥尼达斯②唤回，
他曾拯救过你们，
　　何等刚强而可畏！
扼守在温泉险关③，
　　他英勇牵制敌寇，
同波斯军队鏖战，
　　让祖国得保自由；
他率领三百勇士，
　　战斗中始终挺立，
像威猛暴怒的雄狮，
　　在滔滔血海中沉溺。
　　　　起来，希腊的儿男！
　　　　挥戈向敌人迎战，
　　　　让他们腥臭的血川
　　　　像河水在脚下奔窜！

---

① 斯巴达和雅典都是古希腊的城邦。雅典文化繁荣，斯巴达武力强盛。
② 列奥尼达斯：古斯巴达国王。公元前488年即位。
③ 温泉关（Thermopylae，或音译为"德摩比利"）：是希腊北部与中部交界处的险要关隘，位于高山与海岸之间，因附近有两道硫黄温泉而得名。公元前480年，波斯军队侵入希腊，列奥尼达斯率领斯巴达勇士300人在这里据险固守，阻挡了敌人。最后，他们全部壮烈捐躯。

给赛沙①

没一块墓碑标明方位，

　　把你的真情如实记载，

为什么你要沉沉入睡，

　　被所有世人（除了我）忘怀？

你与我远隔瀛海山川，

　　相思无益，仍苦苦相爱；

过去的，未来的，飞向你身边，

　　祝我们团聚——不再，永不再！

若曾有一句话，或一道眼波，

　　说过"让我们默默分手"，

那么，对于你灵魂的解脱②

---

① 这首诗，还有后面的《去吧，去吧》《再一番挣扎》《你已经长逝》《倘若偶
尔在繁嚣的人境》等篇，都是为哀悼作者早年的恋人赛沙而作的。有些拜伦
研究者称之为"赛沙组诗"。赛沙的身世，她和作者交往的始末，都已难于
查考。从这几首诗的内容来推测，他们相恋当在作者去东方游历（1809 年）
以前。赛沙卧病直到临终，作者都不在，大约是去东方未归。这几首诗写于
1811 年 10 月以后，其时作者归国未久。

② 指死亡。

或许我还能吞声忍受。

听说死神给你的一箭

　　轻快而无痛；临终时，曾否

把无缘再见的故人眷念——

　　他始终把你牢记在心头。

有哪个像他的，曾来守护你，

　　痛心地看到你目光渐滞，

死亡在临近，悲叹也屏息，

　　直到这种种全都完事？

而当你寂然化为异物，

　　对人间悲苦不再萦怀，

深情的热泪就夺眶而出，

　　飞快地奔涌———如现在。①

怎能不奔涌！有不少日子，

　　当我还不曾暂离本地，

在现已荒废的楼台，多次

　　你我的热泪混融在一起！

无人曾见的脉脉相觑；

----

① 以上两节，意似谓：从赛沙卧病到临终，作者远在异域，不知可曾有（实际
　上是没有）像作者那样爱护她的人，前来守护和送终。"深情的热泪"是说
　假想中的那个守护和送终的人，"现在"则是说归国和惊闻噩耗之后的作者。
　以下的几节，则是回忆作者远游以前两人相聚的日子。

无人能解的淡淡笑容；
缔盟的两心低诉的思绪；
　战栗的手儿的抚摩触动；
我们的亲吻，纯真无邪，
　使爱情抑制了热切的心愿；
眼神昭示了心灵的明洁，
　连激情也羞于另生奢念。
我与你不同，常耽于苦恼，
　是你的音调教给我欢欣；
是你的仙喉使歌声神妙，
　那甘美仅仅源于你一人。
你我的信物——我至今佩带，
　你的在哪里？——你又在哪里？
沉重的忧患，我惯常负载，
　从未像今天，压弯了背脊！
在芳艳年华，你悠然远逝，
　苦难的深杯留给我喝干。
墓穴里果真只有安适，
　又何须望你重返人寰。
倘若在神圣的星河天国，
　你找到一座中意的星球，
请把那福祉分一份给我，

好摆脱这边无尽的烦忧。

我早就蒙你教益；如今

　　教会我苦熬吧，与世人互谅 ^①；

在世间，你爱我如此情深，

　　当乐于赐我天国的希望！

（1811 年 10 月 11 日）

---

① 与世人互谅：原文直译是"宽恕人，也被人宽恕"。这原是基督教的说教，
　见《新约·路加福音》第 6 章第 37 节。

去吧，去吧

去吧，去吧，悲凉的曲调！

　　沉默吧，一度甘美的乐音！

否则，我只得掩耳奔逃：

　　这样的乐曲我不忍重听。

它们追述欢愉的往昔——

　　此刻，快停止拨弄琴弦！

我不愿正视，也不堪回忆，

　　我的今日，和我的当年。

你嗓音已哑，使这些乐曲

　　原先的魅力都逃逸无踪；

如今，它们低回的旋律

　　不过是挽歌哀乐的复诵。

是的，它们在唱你，赛沙！

　　唱你——被人挚爱的尘土；

那曲调原先是优美和洽，

　　如今比不上嘈杂的喧呼！

全都静默了！可是，我耳边

记忆犹新的回声在战栗；
　听见的声音，我不愿听见：
　这样的声音早就该沉寂。
它还在摇撼我迷惘的心灵，
　那柔婉的乐音潜入我梦寐，
"意识"枉然醒过来谛听，
　那梦境早已飞去不回。
赛沙啊！醒来也如在梦中，
　你化为一场神奇的梦幻；
仿佛海上闪烁的孤星，
　清光已不再俯照人寰。
当苍天震怒，大地阴晦，
　有人在人生的征途跋涉，
他久久悼惜那隐没的明辉——
　它在他征途上投洒过欢乐。

（1811 年 12 月 6 日）

再一番挣扎

再一番挣扎，我就可以
　把撕裂心胸的剧痛挣脱；
再一声长叹——向爱情和你，
　就重新回到繁嚣的生活。
在素所不喜的事物中混迹，
　如今我已能恬然适应；
人世间的欢乐都已飞逸，
　还怕什么更惨痛的不幸？
好吧，拿酒来，把筵席摆设；
　人生来就不能离群独处：
且扮演浮薄无聊的角色，
　陪众人嬉笑，决不陪人哭！
在可爱的往日，原不是这样；
　本不该这样，全怪你一走，
把我孤零零留在世上；
　你化为乌有，一切都乌有！
我的琴岂能轻快地低唱！

悲哀有意扮出的笑容

正如玫瑰点缀在墓圹，

　是对殷忧隐痛的嘲弄。

纵然酒宴中欢谑的伙伴们

　把恶劣情怀驱散了片刻；

豪兴能煽动痴狂的灵魂，

　心儿啊，心儿却永远寂寞！①

有多少夜晚，幽寂而妩媚，

　我凝视天穹，感到宽心。

因为我确信天国的明辉

　正殷勤照临你沉思的眼睛；

航行在爱琴海波涛之上，

　在辛霞的亭午②，我常常默念：

"赛沙正凝视着这一轮月亮。"——

　谁知它照的竟是你墓园！

当我在病榻上辗转不寐，

　急跳的脉管因烧热而抽搐，

我恢恢低语："倒叫人宽慰——

　赛沙不知道我的痛楚。"

---

① 以上四行，与《我愿做无忧无虑的小孩》第4节第5—8行（本书第8页）
　基本相同。

② 辛霞：月神狄安娜的别名。"辛霞的亭午"即月挂中天之时。

正如自由对衰迈的奴隶

　　是一种毫无实惠的恩典，

造化给我的生命又有何益？

　　既然赛沙已不在人间！

赛沙的赠品——赠我于往岁，

　　当爱情和生命齐吐芳华！

如今你①却已面目全非，

　　被时光涂染得阴沉衰飒！

和你一道献给我的那颗心

　　已经沉寂了——愿我的也沉寂！

我的心虽是死一样冰冷，

　　却仍有感觉，仍畏寒战栗。

你哀伤的象征！你悲苦的信物！

　　不管多痛楚，贴近我胸膛！

把无损的爱情好生守护，

　　要不就捣碎你偎傍的心房！

爱情越无望，就越是圣洁，

　　被时间驯化，但绝不消隐；

世间千百万生者的爱悦

　　怎比对死者的执着痴情？

---

① 你：指赛沙的赠品。

你已经长逝

你已经长逝——年轻，美艳，

　　可与任何人相比；

绰约的倩影，绝代的芳颜，

　　这样快回到土里！

大地的眠床已将你接纳，

游人就在那上面践踏，

　　嬉笑着，不以为意；

有一双眼睛却万难忍受

哪怕只一霎，瞥见那坟头！

我不想探听你潜寐何方，

　　不想瞧那儿一眼；

让那儿花草随意生长，

　　反正我不会看见。

这已经够了：我终于明白

我从前，今后，长期所挚爱

　　像万类一样朽烂；

难道还需要墓碑来提醒

我所眷恋的已化为泡影？

一直到最后，我依然爱你，

  正如你对我情深；

悠长的往日，你始终如一，

  如今更不会变心。

死神把爱情严封密罩，

岁月冻不冷，情敌偷不掉，

  谎言也断难否认。

我再有变化，过失，或错处，

你岂能知悉？——好叫人凄楚！

生命的良辰你与我同享，

  苦难留给我一人；

愠怒的风暴，和悦的阳光，

  跟你再没有缘分。

那无梦的睡乡①，安恬静谧，

我心驰神往，决不会哭泣；

  我也无须乎悔恨

娇美的容华竟毁于一旦，

我本可守着它渐次凋残。

---

① 无梦的睡乡：指死。

花枝染上最瑰丽的色泽
　必然衰败得最早；
尽管并没有手儿去攀折，
　花瓣也纷纷落掉。
宁愿它蓦地被人采撷，
若见它一瓣一瓣萎谢，
　岂不更令人伤悼。
世人的目光怎忍追随
秾丽的芳华渐趋憔悴？
我也不知我能否禁受
　目睹你红颜消褪；
晨光愈明艳，那么随后
　夜色就愈加幽晦。
你的日子里没一片阴云，
你直到最后还那样迷人：
　是熄灭，不是衰萎。
飞射的流星从高空坠下，
这时才闪耀最亮的光华。
若能像从前那样悲恸，
　我热泪就会涌出，
想到我不在近旁，未能
　到你病榻前守护，

怜惜地把你的脸庞细觑，
拥抱你恹恹无力的身躯，
　托起你低俯的头颅，
表白着爱情——它已成虚幻，
你和我已无缘再续前欢。
留在世上的宝物珍品，
　你让我随意赏玩，
但是：它们又能值几文，
　怎比对你的忆念！
你那永不泯灭的真情
通过威严幽晦的"永恒"，
　仍然回到我心间。
你已葬的爱情胜过一切，
只除了爱情活着的年月。

（1812 年 2 月）

倘若偶尔在繁嚣的人境

倘若偶尔在繁嚣的人境，
　　你音容暂从我心头隐退，
不久，你温柔娴静的幽影
　　又在我孤寂的时刻重回；
如今，那黯然无语的时刻
　　还能唤回你前尘历历，
无人察见的"哀思"会诉说
　　以前未敢倾吐的悲戚。
恕我有时也不免虚耗
　　那本应专注于你的心意，
我责怪自己强颜欢笑，
　　未能尽忠于对你的思忆。
似乎我不曾哀诉，那绝非
　　对往事旧情不知珍惜；
我不愿愚夫们听到我伤悲：
　　向你，只向你吞声饮泣！
传杯把盏，我并不拒绝，

却不是以此排遣忧伤；
杯中的毒素要更加酷烈，
　　才能忘却心中的绝望。
"遗忘"或能把我的灵魂
　　从种种骚乱烦扰中解脱；
它若敢淹没对你的思忖，
　　我就要把那金杯摔破！
倘若你从我心头消失，
　　这空白心灵又转向何处？
那时有谁留下来坚持
　　祭扫你被人离弃的坟墓？
我悲怆的心情以此自豪——
　　履行这最终的高贵职责；
哪怕全世界都把你忘掉，
　　只要有我在，我终究记得！
因为我深知，在悠悠往昔，
　　你对他①何等亲切温存；

今后他死去再无人悼惜，
　　眷念过他的只有你一人；

---

①　他：实际上就是"我"。

我从你那儿蒙受的恩幸

　绝不是理应归我所有；

你宛如一场天国的绮梦，

　尘世的爱情不配去攀求。

（1812 年 3 月 14 日）

《编织机法案》编制者颂 [①]

艾伯爵真高明！赖大人更精细！ [②]

　靠你们，准能够振兴英国；

霍勃雷，哈罗贝，帮你们治理，

[①] 1811—1812 年，英国一部分工人（主要是纺织工人）奋起反抗资本家企业主，其主要斗争方式是举行暴动，捣毁机器。在斗争中，工人们宣称自己的首领和"国王"是卢德，因此称为"卢德派"，运动称为"卢德运动"。当时暴动的中心是诺丁汉郡的袜子制造业地区，离纽斯台德不远。拜伦曾访问过那里的工人区，了解工人的悲惨景况。1812 年春，英国政府出动军队，对暴动工人进行镇压；同时，授意国会通过所谓《编织机法案》，规定凡破坏机器者一律处死。2 月 27 日上议院讨论这一法案时，拜伦发表了一篇著名的演说（这是他自 1809 年获得上议院议席以来首次在该院发表演说）。他指出：破坏机器者的全部"罪过"就是贫穷，贫穷已把他们逼入绝境；国会当前应当做的不是制定血腥镇压的法律，而是寻求救助人民的办法。他谴责国会赞助政府对法国作战，指出只要拿出这笔战费的十分之一，就可以帮助工人摆脱贫困状态。他对政府出动军队去扑灭诺丁汉卢德派的暴动给以尖锐的抨击和辛辣的嘲笑。但是，不顾拜伦的激烈反对，《编织机法案》仍然在国会获得通过。随后，执政党的报纸猛烈攻击拜伦。3 月 2 日，拜伦便在《晨报》上发表了这首《〈编织机法案〉编制者颂》。

[②] 艾伯爵：指约翰·司各特·艾尔登伯爵（1751—1838），他在 1801—1827 年间任英国大法官兼上议院议长。赖大人：指理查·赖德尔（1766—1832），他在 1805—1812 年间任英国内政大臣。下文的霍勃雷和哈罗贝大约是他们的助手。

他们的医术是：先杀了再说。①

那一帮贱种，织工们，真犟，

　以"仁爱"为名，要什么救助——

把他们吊死在工厂近旁，

　就能够了结这一桩"错误"。②

那一帮无赖，也许会抢劫，

　像一群野狗，没啥东西吃——

谁弄坏纱轴，便立地绞决，

　好节省政府的钱财和肉食。

造人挺容易，机器可难得——

　人命不值钱，袜子可贵重——

舍伍德③的绞架使山河生色，

　显示着商业和自由的兴隆！

近卫团，志愿队，法院的法警，

　三名推事官，两位保安官，

二十个绞刑手，二十二团官兵，

　把这些穷小子缉拿归案；

有几位爵爷，想找审判员

---

① 在2月27日的国会演说中，拜伦也曾把英国执政当局称为"政治庸医"，把他们的政策称为"医术"。

② 艾尔登曾宣称：诺丁汉郡的工人暴动起因于一种"错误"。

③ 舍伍德：诺丁汉郡的森林地区，卢德派工人组织武装暴动的根据地。

做一番咨询，可是办不到，

利物浦① 不肯给这种恩典，

　　压根儿没审判，就通通干掉！

人们一定会感到惊诧：

　　在百姓啼饥号寒的时候，

人命竟不值一双长袜？

　　打烂机器的该打断骨头？

我想：（谁不这么想？）如果

　　当真是这样，有这种蠢汉——

人家要救助，他却给绞索，

　　那就先把他骨头打断！

（1812 年 3 月）

---

① 利物浦伯爵：即罗伯特·班克斯·詹金森（1770—1828），反动政治家，
1812—1827 年间任英国首相。

致一位哭泣的淑女 ①

为父王的耻辱，王国的衰颓，

　　你尽情哭泣吧，皇家的公主！

但愿你的每一滴泪水

　　能洗掉父亲的一桩错处。

你的眼泪是"美德"的眼泪，

　　将为这多难的岛国造福；

人民将会在未来的年岁

　　以笑颜回报你每一滴泪珠。

（1812 年 3 月）

---

① 哭泣的淑女：指奥古丝塔·夏洛蒂公主（1796—1817）。她的父亲乔治当时是
英国的摄政王（1820 年成为国王，称乔治四世），极端顽固，反对任何改革。
夏洛蒂十几岁就积极参与政治活动，政治观点比较进步，支持辉格党，反对
她父亲的反动措施。1812 年春（当时她才 16 岁），在一次与摄政王及其他要
员的激烈争辩中，她曾因悲愤而哭泣。拜伦听说这件事后，写了这首诗。由
于它是针对当时英国的最高统治者的，所以引起了伦敦反动当局的狂怒，对
拜伦大举进行了挞伐，并为 1816 年他们对拜伦的疯狂围剿和迫害种下了前因。
夏洛蒂后来在 20 岁时结婚，21 岁死于产褥。拜伦《恰尔德·哈罗德游记》
第 4 章中专门写了 6 节（54 行）对她表示哀悼。

温莎的诗兴

闻摄政王殿下在温莎谒陵时立于亨利

八世与查理一世灵榇之间，有感而作。①

查理没有头，旁边是亨利没有心——

蔑视和背弃誓约使他出了名；

中间站着个手持王杖的动物——

会动，会统治，是国王——只少个名目。②

他呀，对人民像查理，对妻子像亨利，③

他身上，一个双料的暴君在崛起；

---

① 摄政王乔治：即后来的乔治四世（1762—1830），顽固恣肆的暴君和昏君。（参
看第 48 页题注。）温莎在伦敦以西，是英国皇族陵墓所在地。1813 年春，乔
治曾往温莎谒陵。拜伦在这首诗中对他进行了猛烈的鞭挞。亨利八世（1491—
1547）：肆无忌惮的暴君。先后立过六个王后，其中有两个被他杀死或判
刑，两个被他抛弃。诗中的"蔑视和背弃誓约"即指此。查理一世（1600—
1649）：著名的暴君。他的苛政迫使平民群起暴动，酿成内战。终于被国会
判处死刑，1649 年 1 月 30 日被斩首。所以诗中说他"没有头"。
② 拜伦作此诗时，乔治在名分上还是摄政王；1820 年他的父亲（又疯又瞎的乔
治三世）死了，他才正式成为国王。
③ 乔治在家庭生活中也极其专横冷酷，与妻子卡罗琳的关系恶劣异常。所以说
他"对妻子像亨利"。

审判和死亡枉自把尸灰糅混，
这两个皇家吸血鬼又起死还魂。
坟墓没奈何，把他们的骨血灰渣
吐出来，捏塑成一位乔治殿下。

我给你的项链

我给你的项链玲珑精致，

 我赠你的诗琴① 悦耳动听；

向你献礼的心儿也忠实，

 谁知碰上了倒霉的命星。

这两件礼品有神奇的法力，

 能占卜我走后你是否忠贞。

它们的责任尽到了——可惜

 没能教会你尽你的责任。

项链挺结实，环环扣紧，

 但生人的抚弄它不能忍受；

琴声也甜美——但你莫相信

 在别人手里它同样温柔。

他摘你项链，项链就断折，

 他弹这诗琴，琴哑口无言；

---

① 诗琴：14世纪至17世纪在欧洲流行的一种类似吉他的弦乐器，也可以译为"琵琶"。

它们抗拒他，看来，他只得
　换新的链扣，上新的琴弦。
既然你变了，它们也得变：
　项链碎裂，琴韵无声。
罢了！和它们、和你再见——
　哑琴，脆链，欺诈的心灵！

她走在美的光影里 ^①

她走在美的光影里，好像

　　无云的夜空，繁星闪烁；

明与暗的最美的形相

　　凝聚于她的容颜和眼波，

融成一片淡雅的清光——

　　浓艳的白天得不到的恩泽。

多一道阴影，少一缕光芒，

　　都会有损于这无名之美：

美在她绺绺黑发间飘荡，

　　也在她颜面上洒布柔辉；

愉悦的思想在那儿颂扬

　　这神圣寓所的纯洁高贵。^②

安详，和婉，富于情态——

　　在那脸颊上，在那眉宇间，

---

① 这首诗是咏威莫特·霍顿夫人的。她当时服丧，黑色衣服上饰有很多闪亮的
　金箔。故诗中以"夜空""繁星闪烁"做比喻。
② "思想"的"寓所"即心灵。

迷人的笑容，照人的光彩，
　　显示温情伴送着芳年，
恬静的、涵容一切的胸怀！
　　蕴蓄着真纯爱情的心田！

野羚羊 ①

野羚羊还能在犹达 ② 山头

　　欢快地跳跃不停；

圣地到处有活泼的溪流，

　　任凭它随意啜饮；

四蹄轻捷，两眼闪光，

不驯地，喜悦地，巡视着故乡。

同样快的脚步，更亮的眼睛，

　　犹达也曾经见识；

在她 ③ 那逝去的繁华旧境，

　　居民够多么标致！

---

①　这首诗,还有后面的《哭吧》《在约旦河岸》《我们在巴比伦的河边坐下来哭泣》
　　等篇,都是取材于《圣经》,描写浪迹他乡的犹太人对故土的怀念。实际上,
　　拜伦只是借《圣经》故事和犹太人的命运作由头,来抒写被压迫民族的故国
　　之思和对民族敌人的仇恨。
②　犹达：巴勒斯坦南部以耶路撒冷为中心的古代王国。该地后来称为犹太, 是
　　犹太教的发祥地, 被犹太教徒（以及后来的基督教徒）尊奉为"圣地"。（译
　　者按：《圣经》中译本把地名 Judah 和人名 Judas 都译为"犹大"；现将地名
　　Judah 改译为"犹达", 以免混淆。）
③　她：指犹达。

黎巴嫩香柏^① 依然在飘动，

犹达的少女已无影无踪！

以色列儿孙^② 云飞星散，

　　怎及故乡的棕树！

它虽然寂寞，却风致宛然，

　　牢固植根于故土；

它寸步不离生身的土壤，

它岂肯浪迹于异域他乡！

我们却必得辛苦漂泊，

　　葬身于陌生的土地；

列祖列宗长眠的故国，

　　却不容我们安息；

圣殿夷平了，石头也不剩，^③

撒冷^④ 宝座上高踞着"侮弄"！

① 黎巴嫩的香柏，屡见于《旧约》。
② 以色列儿孙：指犹太人。（从历史渊源来考察，以色列人与犹太人原有区别；后来逐渐混用。）
③ 据说，耶稣曾预言：耶路撒冷的圣殿将被夷平，一块石头也不剩。（见《新约》的《马太福音》《马可福音》和《路加福音》。）该圣殿系用巨石构筑，始建于所罗门王在位时，其后又曾重修、重建。（见《旧约》的《列王纪》上篇、《历代志》下篇和《以斯拉记》。）
④ 撒冷：即耶路撒冷。

哭 吧

哭吧，为巴别河畔哀哭的流民：①

圣地荒凉，故国也空余梦境；

哭吧，为了犹达断裂的琴弦；

哭吧，渎神者住进了原来的神殿！

以色列上哪儿洗净流血的双脚？

锡安山几时再奏起欢愉的曲调？②

犹达的歌声几时再悠扬缭绕，

让颗颗心儿在这仙乐里狂跳？

只是奔波的双足，疲惫的心灵，

远离故土的民族哪会有安宁！

斑鸠有它的窠巢，狐狸有洞窟，

人皆有祖国——以色列只有坟墓！③

---

① 巴别：《旧约·创世记》第10—11章的地名。作为地域，巴别与巴比伦有时可以通用；作为城邑，巴别城与巴比伦城相距不远。"流民"，指被掳到巴比伦的犹太人。公元前586年，耶路撒冷被迦勒底王国攻陷，大批犹太人被掳到巴比伦。

② 锡安山在耶路撒冷，据说是耶和华的圣山。

③ 《新约·马太福音》第8章："狐狸有洞，天空的飞鸟有窝，人子却没有枕头的地方。"

在约旦河岸 ①

在约旦河岸，阿拉伯骆驼队蹀躞，

在锡安山上，邪教徒向邪神祷祝，

在西奈 ② 悬崖，太阳神信徒顶礼——

连那儿，上帝啊，你的雷霆也沉寂！

在那儿，你的手指灼焦过石版！ ③

在那儿，你的形影向子民显现！

你的光辉，披裹着火焰的袍子，

你的真身，谁见了也难逃一死！ ④

哦，愿你的目光在雷电中闪耀！

斩断压迫者血手，扫落他枪矛！

你的土地——让暴君蹂躏多久？

你的殿宇——荒废到什么时候？

---

① 约旦河："圣地"巴勒斯坦的一道河流。

② 西奈山：在西奈半岛南部。

③ 大约是指耶和华在石版上书写"十诫"的事。详见《旧约·出埃及记》第31—34章，《申命记》第9—10章。

④ 据《出埃及记》第19章，耶和华曾在火焰围裹之中，在摩西和众百姓的眼前，降临到西奈山上。耶和华叫摩西嘱咐百姓，不可向他（耶和华）注视，否则就难逃一死。

耶弗他之女①

父亲啊！祖国和上帝

需要你女儿死义；

胜利靠许愿换来——

请刺穿这袒露的胸怀！

我的悲恸已沉默，

山峦已见不到我；②

你的手将我击中，

这一击绝无苦痛！

父亲啊！请你深信——

你孩儿血液纯净，

像临终祈求的福祉，

---

① 耶弗他是古代以色列秉政的士师之一。他原是基列的勇士，当亚扪人攻打以色列人的时候，他被推举为基列人的领袖和元帅。他向耶和华许愿说：如果耶和华佑助他击败亚扪人，他将把自己凯旋时所遇到的第一个人或动物作为牺牲献祭给耶和华。后来他果然击败了亚扪人，回家时遇到的第一个人却是自己的独生女。耶弗他极为悲痛，但他女儿认为向耶和华立下的誓言必须遵守，最终慷慨捐躯。此后，以色列的女子每年都要为耶弗他之女哀哭四天。详见《旧约·士师记》第11章。

② 耶弗他之女在死前曾与她的女伴到山上去了两个月，为自己童贞之死悲恸。

像怡然瞑目的心思。
让撒冷的少女去哭泣，
士师和勇士莫游移！
我打赢了伟大的战斗，
父亲和祖国已自由！
你给我的赤血——倾洒，
你爱听的嗓音——喑哑，
还望你以我为荣，
莫忘我临终的笑容！

竟然攫去你娇艳的生命 [1]

竟然攫去你娇艳的生命！
你岂应负载沉重的坟茔？
　在你草茵覆盖的墓园，
　让玫瑰绽开最早的花瓣，
野柏在幽暗中摇曳不定。
往后，傍着那溪流碧绿，
　"悲哀"会时时低垂着头颈，
用幻梦哺育深沉的思绪，
　步子轻轻的，走走停停，
　仿佛怕惊扰逝者的宁静。
去吧！也明知眼泪没有用，
　死神对悲苦不闻不问；
那我们就该停止伤恸？
　哀哭者就该强抑酸辛？
而你——你劝我就此忘怀，
你面容惨白，你泪痕宛在！

---

[1]　有的拜伦研究者认为，此诗也是为悼念赛沙而作。参看第29页题注。

我灵魂阴郁

我灵魂阴郁——快调好琴弦，
　　趁我还受得住聆听乐曲；
用轻柔的手指向我耳边
　　弹弄出喁喁细诉的低语。
只要这颗心还有所希图，
　　乐音会再度将它诱导；
只要这双眼还藏着泪珠，
　　会流出，不再把脑髓煎熬。
让琴曲的旋律深沉而激越，
　　欢快的调门请暂且躲开；
乐师啊，让我哭泣吧，否则，
　　沉重的心啊，会爆成碎块！
它原是悲哀所哺育，后来
　　长期在失眠中熬受痛楚，
命运给了它最坏的安排：
　　碎裂——要么，被歌声收服。

我见过你哭

我见过你哭——炯炯的蓝眼
　　滴出晶莹的珠泪，
在我想象里幻成紫罗兰
　　滴着澄洁的露水。
我见过你笑——湛蓝的宝石
　　光泽也黯然收敛，
怎能匹敌你嫣然的瞥视
　　那灵活闪动的光焰！
有如夕阳给远处的云层
　　染就了绮丽的霞彩，
冉冉而来的暝色也不能
　　把霞光逐出天外：
你的笑颜让抑郁的心灵
　　分享纯真的欢乐，
这阳光留下了一道光明
　　在心灵上空闪射。

你生命告终

你生命告终，威名却树立；
　　你故乡的歌曲谣讴
记述她英雄儿子的胜利，
　　记述他刀剑的格斗，
他建立的功勋，他打赢的战役，
　　他所夺回的自由！
我们已自由，纵然你倒地，
　　你不会感受到死亡；
你身上流出的高贵血液
　　不屑于沉入土壤：
它正周流在我们血脉里，
　　你活在我们身上！
你的名字，在呐喊声中
　　激励着冲锋的队伍，
合唱的主题——你的牺牲
　　从少女歌喉中倾吐；
恸哭有损于你的光荣，
　　你不是被哀悼的人物！

扫罗王最后一战的战前之歌①

武士们，首领们！当我在征战，

敌人的刀剑若将我刺穿，

休理会你们国王的尸首，

把锋刃埋进迦特人胸口！②

扫罗的士兵若畏敌怕死，

持我雕弓、圆盾的卫士！

快把我砍倒，让赤血流淌：

他们惧怕的，由我去承当！③

与众人诀别，与你不离分：

心爱的儿子，王位的储君！④

王冠璀璨，王权无限；

死也要尊严，就像今天！

---

① 扫罗是古以色列的第一代国王。他曾多次率兵征讨周围的敌国，每战必胜，
最后在一次与非利士人的战斗中兵败身死。他的故事详见《旧约·撒母耳记》
上篇，"最后一战"见该篇第31章。

② 迦特是一座城邑，屡见于《撒母耳记》《列王纪》和《历代志》。此处迦特人
指非利士人。

③ 在"最后一战"中，扫罗中箭受伤后，命令替他持兵器的卫士将他刺死，卫
士不从，扫罗遂自刎。

④ 指扫罗的长子约拿单。他与扫罗同一天战死。

扫 罗 ①

"你的咒语能召唤枯骨。

　　叫那先知的亡魂现形！"

"撒母耳，抬起墓里的头颅！

　　国王啊，瞧这先知的幽灵！"

地面裂开，一朵云将他托起；

　　月光变色，离开了他的尸衣。

眼神呆滞，"死亡"在眼中留驻；

　　两手干瘪，一根根血管干枯；

两脚赤裸，惨白像白骨一般，

　　皱缩无肉，仿佛有微光闪闪；

---

① 据《撒母耳记》上篇第28章，扫罗在"最后一战"前夕，曾命女巫召请以
色列先知撒母耳的亡灵。亡灵告诉他：翌日以色列人将战败，他和他的儿子
们将战死。拜伦这首诗即咏此事。《扫罗王最后一战的战前之歌》和这一首
都以扫罗的最后一战为题材，前首对扫罗颇加赞美揄扬，这一首对扫罗又有
所揶揄嘲弄。这种现象，不能仅仅归因于作者的玩世不恭，而是足以说明：
作者在《希伯来歌曲》的多首诗篇中多次歌咏《圣经》故事，只不过是借题
发挥，以古喻今。《战前之歌》是借扫罗的题材，赞颂那种坚决反抗民族敌人、
临危不惧、视死如归的壮烈精神；这一首则是借扫罗的题材，指出生死荣枯、
沧桑递嬗，专制统治者的最后覆亡都是无可避免的。

嘴唇不动，躯体也气息毫无，
空穴来风，空洞的喉音吐出。
扫罗一见，立即直挺挺倒地，
有如橡树，被惊雷怒电轰击。
"为何要惊扰老夫的安眠？
是何人前来把亡灵召唤？
是你吗，国王？请看我四肢：
没一点血色，冷得像铁石。
今天我如此，只需到明天
你也会如此，来到我身边。
下一个日子还不曾结束，
你和你儿子就化为虚无。
和你再见吧——只分别一天，
然后你与我在一处朽烂。
明天，你和你族人僵卧，
多少支利箭把肌肤刺破；
你那把佩刀就在你身旁，
你的手用它刺你的心房；①
断送了王冠、头颅和呼吸，
扫罗父子们，全家都倒毙！"

---

① 指扫罗在战场上自刎的事。已详前注。

传道者说：凡事都是虚空 ①

我有过荣名，才智，爱情，
　　青春，健康，和精力；
葡萄常使我酒杯泛红，
　　有俏影相偎相倚；
"美"曾像阳光，朗照我心房
　　我灵魂愈益温柔；
享人间珍品，拥天下宝藏，
　　我曾像帝王般富有。
如今我极力搜寻记忆，
　　把往事一一清点，
看此生有哪些珍奇的经历
　　吸引我重温一遍。
没有哪一天，没有哪一时
　　欢情不掺上苦味；
也没有哪一件华美的服饰

---

① "传道者说：……凡事都是虚空。"此语见于《旧约·传道书》第1章和第12章。

不曾磨损而破碎。

田野的毒蛇，术士有本领

　　防止它将人荼毒；①

可是，当蛇虫蟠曲在心灵，

　　谁能够将它驯服？

它不肯倾听理智的声音，

　　也不受乐曲引诱；

它无尽无休地啃咬着灵魂，

　　灵魂却必得忍受！

---

① 据说，术士的咒语能够震慑毒蛇，使之不能伤人。

当这副受苦的皮囊冷却

当这副受苦的皮囊冷却，

　　那不灭的精魂漂泊何处？

它不会消殒，它不会停歇，

　　走了，撇下这晦暗的尘土 ①。

无影无形，它是否追蹑

　　座座行星在天宇的途程？

是否列入了寥廓的上界——

　　那儿有无数俯瞰的眼睛？

永恒的、无限的、不朽的思想——

　　无人能见它，它察见一切；

大地、高空的森罗万象

　　都听它召唤，都受它检阅。

往昔岁月的朦胧旧事，

　　记忆里不过淡淡留痕，

只要精魂纵目一扫视，

---

① 尘土：指皮囊、躯壳。

历历的前尘就毕露纷呈。
这精魂回眸细察原先

　　人类诞生之前的混沌；
这精魂探访最远一重天，

　　追溯它出世、升空的途径。
"未来"致力于建造或摧毁，

　　这精魂睁眼审视来日；
当太阳熄灭，星系崩颓，

　　它自有千秋，永不消逝。
超越于爱和恨，希望和忧虑，

　　它漠然无感，纯净澄洁；
世代像尘寰的年月般逝去，

　　年月就像分秒般飞掠。
它无翼的思想高翔天外，

　　俯临一切，又经历一切；
一种无名的、永恒的存在：

　　何物死亡！早浑然忘却。

伯沙撒所见的异象 ①

国王高踞于王位，

　大吏们济济一堂；

宫廷里良宵盛会，

　一千盏华灯齐放。

犹达的神圣珍品——

　一千盏金质酒盅——

耶和华歆享的器皿，

　渎神的邪教徒享用！

这时，忽然有手指

---

① 伯沙撒是公元前6世纪迦勒底王国（新巴比伦王国）的末代国王。据《旧约·但
以理书》第5章，伯沙撒和他的一千大臣欢宴，饮酒的器皿是从耶路撒冷的
耶和华圣殿中掠夺来的。饮宴间，忽然有人的手指显现，在与灯台相对的粉
墙上写字。伯沙撒大惊，召来所有的哲士，但他们都看不懂那文字。只有掳
来的犹达青年但以理能够看懂，他告诉伯沙撒，那文字乃上帝耶和华所写，
意思是：迦勒底国祚已告终；国土将分别归属玛代人和波斯人，伯沙撒将被
天平称过，证明他不具备为王的资格。就在当天夜晚，巴比伦果然被玛代人
袭取，伯沙撒被杀。（玛代是西亚的古国，在亚述以东，巴比伦以北。即今
伊朗西北部。）拜伦的这首诗以及后面《致伯沙撒》《西拿基立的覆灭》等，
都是借《圣经》故事作由头，来讽刺当时欧洲各国的反动政府的。

显现在这座厅堂。
在那粉墙上写字，
　　仿佛是写在沙上。
分明是人的指头
　　在那字迹上移动；
那独一无二的巨手
　　像一根魔杖在推送。
那国王见了害怕，
　　忙吩咐立即罢宴；
脸色苍白像白蜡，
　　说话声音也发颤：
"传那些饱学之士、
　　无敌的智囊前来，
诠释这可怖的文字——
　　它把我豪兴败坏。"
迦勒底卜人善算，
　　对此却无计可施；
陌生的字迹仍然
　　可畏而无人能识。
巴别的高龄学者
　　聪慧而学识深奥；
原来也并非圣哲，

对此都瞠目不晓。

　　境内有一个俘虏，

是来自异邦的青年，

　　他听到国王的吩咐，

看到那真确的预言。

　　那华灯辉映四周，

那预言赫然在目；

　　当夜他解答如流，

次日便证明无误。

　　"迦勒底国祚已告终；

伯沙撒坟墓已掘好；

　　他放在天平上一称：

像泥土，微不足道。

　　尸衣是他的华衮，

他的华盖是墓碑；

　　玛代人进入他宫门，

波斯人登上他王位！"

不眠者的太阳

你是不眠者的太阳，忧郁的孤星[①]！
战栗着，你清辉远射，泪眼晶莹，
展示着你无力驱除的茫茫暗夜，
你多像记忆中萦回不去的欢悦！
"往昔"，那异日的光波也荧荧闪射，
它柔弱的光华却没有一丝温热；
"忧伤"伴守着、注视着这暗夜的幽光——
清晰，却辽远；晶亮，却这样冰凉！

———————

[①] 孤星：原文 star，为单数。有些注家认为是指月亮。（英语 star 可指星，也可指日、月、地球。）

希律王哭马利安妮 ①

马利安妮啊！为了你，如今
　害你流血的这颗心在流血；
报复心化为极度的悲辛，
　狂怒的苦果是悔恨不迭。
马利安妮啊！你前往何方？
　你已听不到我痛心的辩解；
我徒劳的祈祷打不动上苍，
　只求你饶恕我可怕的罪孽！
你竟死了吗？——他们竟敢于
　遵从我妒火中烧的乱命？
这暴行注定了我绝望的结局：
　杀她的利剑挥向我头顶！
你已经僵冷，被谋害的爱妻！
　这阴晦的心灵空向你恳请：

---

① 希律（前74—前4）：犹太王，出名的暴君，因怀疑王后马利安妮不贞而将
　她杀死。据《新约·马太福音》第2章记载，他曾杀尽伯利恒城两岁以下的
　男孩。拜伦在这首诗中指出：暴君的杀人利剑最终会落到暴君自己的头上。

你独自远飏，你断然舍弃

　　我这不堪拯救的魂灵！

同享王权的王后已亡化，

　　我的欢情也葬入墓穴；

只向我盛放的犹达名花

　　已经在我摧残下凋谢；

罪名我难免，地狱我难逃，

　　孤苦的情怀更永难消解；

这苦刑便是对我的回报：

　　它总是不灭，又总是毁灭！①

---

① "不灭"是说苦刑本身不会消灭，"毁灭"是说苦刑不断对受刑者进行摧残和毁灭。

我们在巴比伦的河边坐下来哭泣 ①

我们在巴比伦的河边

　　坐下来哭泣，想那天

狂呼乱砍的敌人

　　焚掠了撒冷的神山；

她孤苦无依的儿女们

　　哀哭着向四方逃散。

看河水自由流淌，

　　我们止不住伤悲；

叫我们唱歌——休想！

　　岂肯让异族扬威！

要我为敌人弹唱，

　　情愿我右手枯萎！

柳树上挂起我的琴，

---

① 《旧约·诗篇》第137篇："我们曾在巴比伦的河边坐下，一追想锡安就哭了。我们把琴挂在那里的柳树上。因为在那里掳掠我们的，要我们唱歌，抢夺我们的，要我们作乐，说：给我们唱一首锡安歌吧。我们怎能在外邦唱耶和华的歌呢？耶路撒冷啊！我若忘记你，情愿我的右手枯萎！……"

它只奏自由之歌；
撒冷的荣耀已沉沦，
　　只留下这张琴给我；
决不能让它的清音
　　同贼寇叫嚣声混合！

西拿基立的覆灭 ①

亚述人来了，像狼扑群羊，
盔甲迸射着紫焰金光；
枪矛闪烁，似点点银星
俯照着加利利 ② 波光浪影。
日落时，到处是人马旌旗，
像夏日茂林，绿叶繁密；
天一亮，却只见尸横遍野，
像秋风扫落的满林枯叶。
天使展翅，把阵阵阴风
吹向来犯之敌的面孔；
沉睡的眼睛便冷却、呆滞，
心房猛一跳，便永远静止！

---

① 西拿基立是亚述国王。据说，当他率领军队准备攻取耶路撒冷之时，因他毁
谤了耶和华，耶和华便派天使到亚述营中，把将帅、官长、勇士尽皆诛灭。
西拿基立回到亚述，为其子所弑。见《旧约·列王纪》下篇第 19 章，《历代志》
下篇第 32 章。
② 加利利海：巴勒斯坦北部的湖泊。

战马倒地，张开的鼻孔里
再也喷不出得意的鼻息；
吐出的白沫还留在地下，
冷得像扑打岩石的浪花。
惨白，拘挛，躺着那骑士，
眉头凝露，铁甲锈蚀；
营帐悄然，残旗犹在，
枪矛不举，号声不再！
亚述的遗孀号啕挥泪，
太阳神① 庙宇里金身破碎；
何需用刀剑，上帝只一瞥，
异教徒威风便消融似雪！

---

① 亚述人信奉太阳神，被犹太教徒视为异教。

写给奥古丝塔 (其一) ①

当阴霾暗影将四周笼罩，

　"理性"悄然隐匿了光芒，

"希望"闪烁着垂危的火苗，

　我在孤独中迷失了方向；

当内心展开惨烈的搏斗，

　当灵魂面临阴森的午夜，

---

① 拜伦于 1815 年 1 月同安·伊萨贝拉·米尔班克结婚。米尔班克是一个笃信宗教、思想僵化的贵族小姐，无法理解拜伦离经叛道的思想和乖张怪僻的性格。1816 年 1 月，她带着刚刚满月的女儿艾达返回母家，随即提出与拜伦分居。拜伦大为震惊，写信请求她重新考虑，但她不为所动。3 月 17 日，拜伦同意分居。英国的政界、豪绅和舆论工具，利用这次婚变事件，掀起了一场轩然大波，对拜伦大肆围攻。报纸刊物不断攻击谩骂；反动文人极力造谣中伤；拜伦的财产被查封，房屋被警方强占；"正人君子"纷纷同他"划清界限"，断绝来往；流氓暴徒严重威胁他的人身安全。在这种情况下，拜伦说："如果这些流言蜚语和议论是真实的，那就是我不配住在英国；如果是假的，那就是英国不配给我来住。"1816 年 4 月 25 日，拜伦便永远离开了祖国。奥古丝塔即李夫人，是作者的同父异母姊，比作者大四岁。在作者的家族亲人中间，只有她对作者始终怀着深挚的友爱和温暖的同情。在作者发生婚变，遭到"上流社会"疯狂围剿的不幸日子里，也只有她给作者以热情的支持和亲切的安慰。据有的拜伦研究者考证，这首诗的写作时间当在 1816 年 4 月 12 日前后，是作者在英国所写的最后一首诗。

恐怖的凌虐被称为宽厚，

　　软弱者绝望，冷漠者告别；

当厄运临头，爱情远去，

　　憎恨的利箭万弩齐发：

你是我独一无二的星光，

　　高悬在夜空，永不坠下。

赞美你长明不晦的光焰！

　　像天使明眸，将我守护，

峙立在我和暗夜的中间，

　　亲近，温婉，清辉永驻。

当滚滚乌云奔临头顶，

　　极力掩却你煜煜的明辉，

你远布的光华却愈加纯净，

　　把周遭的暗影尽行逐退。

愿你心俯临我心，来教导：

　　何事要果敢，何事要宽容；

你一句轻柔的低语便抵消

　　全世界对我的可鄙的指控。

你像棵绿树，枝叶婆娑，

　　屹立不屈，却微微低俯，

忠诚地，慈爱地，摇曳着枝柯，

　　荫覆你深情眷念的，故物。

任狂飙暴雨横扫大地，
　　你还是那样热切温存，
在风雨如晦的时刻，把你
　　洒泪的绿叶撒布我周身。
让任何厄运降临我头上，
　　决不能让你遭到灾厄；
阳光朗照的天庭要报偿
　　仁慈的圣者——你是第一个！
溃灭的爱情，任凭它崩断！
　　你的情谊却万世难消；
你心肠善感，却从不变换，
　　你灵魂柔顺，却永不动摇。
一切都失去，唯有你不变，
　　你这坚贞可靠的胸怀！
这世界原来并不是荒原——
　　甚至对我也未尝例外！

写给奥古丝塔（其二）^①

我吉祥的日子已一去不返，

　　我命运的星辰正黯然陨落，

你慈惠的心灵却从未发现

　　众人所指摘的我那些过错；

你的心熟知我的苦痛，

　　却毫不畏避，愿与我分尝，

我心中设想的那种爱情

　　竟无处寻觅——除了你心上。

周遭的大自然展露笑颜，

　　这是她还我的最后一笑，

我不会相信这是欺骗，

　　只因联想到你的笑貌。

当狂风袭击海洋（正如

---

① 这首诗写于瑞士日内瓦附近的狄沃达蒂山庄。当时作者已因遭受英国各种守
旧势力的围攻和迫害而不得不移居国外。

我信赖的心胸①向我袭击），

那海浪激起我什么感触？

　只怪它——海浪，把你我分离！

我残余希望的基石已撞破，

　碎片纷纷沉没到水底，

灵魂已交给痛苦来发落，

　但它决不做痛苦的奴隶。

种种的苦难会来追逐我：

　它们能摧毁，却休想侮蔑，

它们能折磨，却休想制伏我——

　我只想着你；想它们？不屑！

虽然你是人，却不欺哄我，

　虽然是女人，你不曾遗弃，

虽然被我爱，从不刺痛我，

　虽然被毁谤，你毫不游移，

虽然被信赖，不曾回绝我，

　虽然分别了，并不想摆脱，

虽然很警觉，绝不污蔑我，

　为防人曲解，也不甘沉默。

---

① 心胸：原文 breasts，为复数。可见"我信赖的心胸"不仅指米尔班克，也指那些原先曾是作者的朋友，一旦作者倒运，立即同作者"划清界限"。翻脸成仇的势利小人。

我并不谴责或鄙薄这世界，

　　也不恨众人对我的攻击——

既然我无法尊敬这一切，

　　只怪我太蠢，不早些回避。

我为这过失付出了高价，

　　高昂得超出原先的计虑；

但是，不管我损失多大，

　　绝不能从这儿把你夺去！

往事已消亡，残存的遗物里

　　还有这么多我铭记在心；

指明：我素来最珍爱的情谊

　　不愧为世间最名贵的奇珍。

沙漠里涌出一道甘泉，

　　荒原上挺立一棵绿树，

幽寂中一只鸟儿啼啭，

　　向我的心灵将你描述。

　　　　　　　　　（1816 年 7 月 24 日）

致伯沙撒 ①

伯沙撒！快离开你的筵席，
　　再不要昏昏然沉迷酒色；
看吧！那粉墙，那划出的字迹，
　　还在你眼前煌煌闪烁。
世人常误认：是上苍允诺
　　那些暴虐者膏沐称王；②
而你，帝王中最糟的一个——
　　那儿不写着：你必得死亡！
去吧！掼掉你鬓边的玫瑰——
　　白发戴红花未免肉麻；
青春的花环怎与你相配？
　　比你戴王冠更不像话；
冠上的珠宝全叫你糟蹋，

---

① 　伯沙撒：见第 72 页题注。这首诗中犀利辛辣的讽刺和鞭挞，显然不会是针
　　对两千多年前巴比伦的末代国王，而是针对与作者同时代的那些反动腐朽而
　　又昏聩愚顽的统治者的。
② 　古犹太习俗：立某人为王的时候，以香油涂其头顶，称为"涂油礼"或"膏沐礼"。

还要它何用？快扔到一旁！
王冠给你戴，奴才也笑骂；
　学点丈夫气，像样地死亡！
你老早就在天平上称过，
　言语和品德都毫无价值；
留给你的是泥土一撮，
　灵魂比青春更早就飞逝。
世人见了你，有谁不嘲嗤；
　"希望"却垂泪，悲叹这世上
竟有这号人：不配统治，
　不配生存，也不配死亡。

（1815 年 2 月 12 日）

歌词（其一）

感觉迟钝了，衰退了，早岁的情思已黯然失色，
人世再不会给什么佳趣，能及它夺走的欢乐；
转瞬凋谢的，岂止是少年颊上明艳的绯红，
青春未逝，心底的娇花嫩蕊已一去无踪。
幸运之舟沉没了，残骸上，还有些灵魂在漂浮，
被浪涛冲向贪欲的海洋，冲向罪孽的洲渚；
罗盘或是失落了，或是徒然向海岸遥指——
船帆裂成了碎片，再不能扬帆向那边航驶。
灵魂的致命寒气袭来，一如死亡的降临；
无感于别人的愁苦，也不敢想象自己的悲辛；
那凛冽的寒气，把我们泪水之源凝冻成冰，
两眼虽光芒炯炯，那闪射寒光的恰恰是冰凌。
尽管有妙语吐自唇间，有欢笑宽慰胸臆，
这午夜的时辰，已不再赐予人们恬适的休憩；
正如常春藤枝叶盘绕着倾颓荒废的楼塔，
外表是翠绿清新，里面却一片灰暗衰飒。
愿我像过去一样地感受

——愿我像过去的我，

愿我像过去一样地哭泣，悲悼人生的逝波；

荒漠中涌现的泉水，尽管咸涩，也显得甘甜，

在人生的荒漠，也愿有这样的泪水涌向我双眼。

（1815 年 3 月）

歌词（其二）

"美"的女儿没有哪一个
　　能像你这样迷人；
你柔美的声音听来宛若
　　水面上飘荡的乐音；
仿佛这乐音迷醉了海洋。
海洋已停止动荡，
　　涟漪静卧着，粼粼闪闪，
风儿也睡梦方酣。
明月在编织皎洁的纱布
　　笼罩午夜的大海；
海的胸膛轻轻地起伏，
　　如同熟睡的婴孩；
心灵在向你鞠躬致敬，
默默地向你倾听；
那感情浓烈而又柔婉，
像夏天海面的波澜。

（1816 年 3 月 28 日）

咏"荣誉军团"星章①

勇士的星啊！你的光芒
向生者和死者洒布荣光——
备受尊崇的、辉煌的欺饰！
奔向你、欢迎你的有千万战士；
像流星，本可在天宇长存，
为什么升空后向地面坠陨？
你星光由烈士英魂聚成；
你的火焰里闪耀着"永恒"；
天上的荣名，人间的忠烈，
谱出你这座星球的军乐；
世人仰望：你光华夺目，
像一座火山在高空喷吐！

---

① "荣誉军团"星章是1802年拿破仑任法国第一执政时所设置的星形勋章，分
成几等，授予功勋出众的军队官兵和文职人员。拜伦这首诗作于拿破仑在滑
铁卢覆败（1815年）之后，佯称"译自法文"，实际是他自己的作品。诗中
热烈歌颂自由和为自由而战的人民，歌颂以三色旗为象征的法国革命，对拿
破仑既有肯定也有谴责，并指出"荣誉军团"之类的勋章、勋位不过是一种"欺
饰"。

你滚滚血川像岩浆熔铄。

那洪流冲走了多少帝国；

当你的明辉普照四方，

底下的大地摇摇震荡；

你高挂中天，把骄阳削弱，

它黯然无光，不得不沉落。

比你早一些升上天穹，

伴着你成长的，是一道彩虹：

它绚丽多姿，分呈三色①，

圣洁，明朗，与天象契合；

自由神亲手将色泽糅混，

像仙山宝石，异彩缤纷。

第一种色泽染自阳光；

第二种在天使蓝眸里深藏；

第三种以它淡雅的光华

笼罩着仙灵缟素的轻纱：

三种色泽奇妙地交融，

织出一幅天国的绮梦。

勇士的星啊！你光芒已敛，

---

① 指红蓝白三色旗，即法兰西共和国国旗。在 18 世纪末叶的法国大革命中，
三色旗和三色徽都是革命的标志。

茫茫的暗夜又宰制人间！　①

为了你啊——自由的彩虹，

我们的鲜血热泪要流涌！

你光明的希望一旦消褪，

我们的生命剩泥土一堆！　②

自由神用她庄严的步履

圣化了死者静穆的幽居；

傲然列队于她的麾下，

烈士在泉台神采焕发；

自由女神啊！我们会很快

永远与他们，或与你同在！

---

① 拿破仑覆败后，欧洲的政治形势更趋反动。

② 《圣经》上说：人是上帝用泥土抟造的。分别见于《创世记》第 2 章《约伯记》
第 33 章等处。

十四行：致莱蒙湖 ①

莱蒙啊！这些英名和你配得上——

　　卢梭，伏尔泰，斯塔尔，我们的吉本；②

　　人杰地灵，即使再没有别人，

他们也足以唤起你深情的回想。

对他们，对众人，你佳景并无两样，

　　他们却使这胜境更饶丰韵；

　　宏论卓识像雄风震撼人心，

留下的旧址颓垣也备受敬仰。

小舟轻荡，掠过你碧波晶莹，

　　瑰丽的名湖啊！此时，在我们心底

充满了炽烈而绝非狂热的豪情，

---

① 莱蒙湖：即日内瓦湖。

② 卢梭（1712—1778）、伏尔泰（1694—1778）：都是法国卓越的启蒙思想家、哲学家、文学家，拜伦在青年时期曾受过他们很大的影响。斯塔尔夫人（1776—1817）：法国女作家。吉本（1737—1794）：英国历史学家（与作者同属一国，故诗中称之为"我们的"）。这四个人都曾在日内瓦和莱蒙湖一带居住过。1816 年夏天拜伦在日内瓦居留期间，曾去探访这些人的旧居。同年 6 月 27 日他写给约翰·墨瑞的信中曾述及此事。

想到不朽的盛业有人承继，

为了有这些后起之秀而庆幸，

让"光荣"生机健旺，畅然呼吸！

（1816 年 7 月，狄沃达蒂）

阿尔哈玛的悲歌 ①

摩尔王 ② 策马纵横驰骋，

穿过格拉纳达的王城；

他从厄尔维拉的城门

向毕瓦兰布拉城门前进。

　　　　悲哉，阿尔哈玛！

送给国王的函件述说

阿尔哈玛陷落的经过；

他把那函件往火里一丢，

他把那信使推出斩首。

---

① 8—13世纪，非洲北部信奉伊斯兰教的摩尔人进入欧洲西南部的伊比利亚半岛，并在那里建立统治。13—14世纪，摩尔人建立的格拉纳达王国（建都于西班牙南部的格拉纳达城）国势甚盛。15世纪后期，西班牙人逐步恢复故土，摩尔人的势力不断被削弱。1492年西班牙人攻克格拉纳达，摩尔人和伊斯兰教在伊比利亚半岛的统治至此告终。拜伦这首歌谣所叙述的故事，即以上述历史事件为背景。诗中的"基督徒"即指西班牙人。阿尔哈玛（或译"阿拉马"）是位于格拉纳达西南的一座城市。西班牙围困和攻陷阿尔哈玛的故事，早就在西班牙和阿拉伯的民间歌谣中传唱。拜伦根据一首阿拉伯歌谣的大意，改写成为此诗。所表达的仍然是拜伦多次表达过的主题：专制统治者必然覆灭。

② 摩尔王：指15世纪格拉纳达国王阿布·哈桑。

悲哉，阿尔哈玛！

他跳下骡子，跨上名驹，

他纵马向前，穿过街衢；

穿过扎卡丁街衢闹市，

向爱尔汗布拉城堡疾驰。①

悲哉，阿尔哈玛！

刚一到达爱尔汗布拉，

国王立即把谕旨传下，

叫号手赶快把银号吹响，

让嘹亮的号声四处传扬。

悲哉，阿尔哈玛！

再把沉重的战鼓猛敲，

向远方发出响亮的警报；

好让摩尔人，从城里、乡间

前来响应这军乐的召唤。

悲哉，阿尔哈玛！

听到这声音，摩尔人知道

嗜血的战神发出了号召；

一个跟一个，一对接一对，

---

① 爱尔汗布拉（或译"阿兰布拉"）：著名的摩尔城堡和宫殿，在格拉纳达郊外，建筑于 12—14 世纪期间，至今尚存。

组成了一支威武的军队。

　　　　悲哉，阿尔哈玛！

这时，有一位摩尔老人，

走到国王的面前发问：

"国王啊，集合的原因何在？

你召唤我们所为何来？"

　　　　悲哉，阿尔哈玛！

"乡亲们！你们务必知悉

我们已惨遭敌寇的袭击，

那帮基督徒，残暴无耻，

攻陷了阿尔哈玛的城池。"

　　　　悲哉，阿尔哈玛！

这时，年迈的阿法契开言，

颔下的长须银白一片：

"国王啊！这是你应得的报应，

国王啊！这对你十分公正。

　　　　悲哉，阿尔哈玛！

"你杀了阿本瑟瑞吉一家，[①]

他们是格拉纳达的精华；

----

① 阿本瑟瑞吉是摩尔人中很有名望的家族。15世纪时，他们在格拉纳达地位显赫，为国王阿布·哈桑所忌，将他们满门抄斩。

100

而科尔多瓦①的异族骑士团
却受到你的收留和宠眷。

　　　　悲哉，阿尔哈玛！
"国王啊，就为了你这些罪行，
今天你遭到加倍的严惩：
你本人，你的王冠和疆土，
要惨遭灭顶，踪影全无！

　　　　悲哉，阿尔哈玛！
"有谁胆敢将天条轻蔑，
他必在天条的惩罚下毁灭；
格拉纳达定然会陷落，
你本人和它一同覆没！"

　　　　悲哉，阿尔哈玛！
老人眼中冒出了怒火，
国王一听，也怒不可遏，
恨他竟敢同国王抗辩，
恨他讲天条义正词严。

　　　　悲哉，阿尔哈玛！
"天条决不容这等胡说，
用恶言触犯君王的耳朵！"

---

① 科尔多瓦：位于格拉纳达西北的地区。

国王怒斥着，恨恨不绝，
传下谕旨：将老人处决。

　　　　悲哉，阿尔哈玛！
阿法契！阿法契！摩尔的老人！
你偌大年纪，须发如银，
那国王失落了阿尔哈玛，
竟迁怒于你，将你拘拿。

　　　　悲哉，阿尔哈玛！
要把你首级牢牢挂定
在爱尔汗布拉最高的石顶；
对你，这就是有效的天条，
让别人一见便心惊肉跳。

　　　　悲哉，阿尔哈玛！
"勇武的骑士，高贵的男子！
请让我说出如下的言辞：
要叫那摩尔国王知道，
我不亏负他半点分毫。

　　　　悲哉，阿尔哈玛！
"阿尔哈玛却令我担忧，
我忧心忡忡，神魂不守；
那国王丧失的无非是疆土，
黎民的损失却不计其数。

　　　　悲哉，阿尔哈玛！

"有多少慈父丢掉了儿女，

有多少妻孥丧亡了家主；

勇士送了命，富户破了财；

或毁掉声名，或失却所爱。

　　　　悲哉，阿尔哈玛！

"我也断送了亲爱的女娃，

她是国境内最美的名花；

我甘愿付出千百块金币，

还嫌这赎金实在太便宜。"

　　　　悲哉，阿尔哈玛！

老人刚把这些话说出，

便在刀锋下身首异处；

人们遵旨，把首级送往

爱尔汗布拉高耸的城墙。

　　　　悲哉，阿尔哈玛！

男子和孩童都哀哭不止，

哭他们这般惨重的损失；

格拉纳达全城的妇女

也在城垣里泪下如雨。

　　　　悲哉，阿尔哈玛！

像丧服一般魆黑的夜幕

笼罩了处处的墙垣、窗户；

国王像妇人一样哭喊——

他损失太多，他输得好惨！

　　　　悲哉，阿尔哈玛！

卢德派之歌 [1]

海外的自由的儿郎

买到了自由——用鲜血；[2]

我们，不自由便阵亡！

除了我们的卢德王，

把一切国王都消灭！

等我们把布匹织出，

梭子换成了利剑，

就要把这幅尸布

掷向脚下的独夫，

用他的腥血来染遍！

他腥血和心一样黑，

血管腐烂如泥土；

---

[1] 1816 年 10 月，拜伦从瑞士移居意大利。不久，便与意大利的秘密革命团体烧炭党有了联系。同时，他仍然密切关注英国国内的斗争。12 月 24 日，他给托马斯·穆尔写信，询问英国的织工们、捣毁机器的人们情况怎样，信中还附寄了这首《卢德派之歌》——英国诗歌史上第一首直接号召工人起来同压迫者做斗争的诗篇。

[2] 指美国人民通过流血的武装斗争赢得了独立自由。

这血水却能当露水，

　　滋润卢德所栽培——

我们的自由之树！

（1816 年 12 月）

给托马斯·穆尔 ①

我的小艇在岸边，

    我的帆船在海上；

启程前，两番举盏，

    祝汤姆·穆尔健康！②

爱我的，我报以叹息，

    恨我的，我置之一笑；

任什么天气和运气，

    这颗心全已准备好。

大海虽汹汹吼叫，

    也必得载我向前；

沙漠虽茫茫环绕，

    也有可觅的甘泉。

喘息着，我临近泉边，

---

① 托马斯·穆尔（1779—1852）：著名的爱尔兰诗人，拜伦的密友。拜伦死后穆尔所写的拜伦传记，在文学史上具有重要价值。汤姆是托马斯的昵称。

② 这首诗的第一节是 1816 年 4 月 25 日作者即将离开英国时写的，据说刚写完这一节就被催着动了身。后面几节则是十五个月以后在意大利续写的。

泉水还剩下一滴；
抢在我昏厥以前，
　　喝下它，为了祝福你。
两样都用来祝福——
　　那滴水，这盏酒浆：
祝你我安宁和睦，
　　祝汤姆·穆尔健康！

（1817 年 7 月）

我们不会再徘徊

我们不会再徘徊
　　在那迟迟的深夜，
尽管心儿照样爱，
　　月光也照样皎洁。
利剑把剑鞘磨穿，
　　灵魂也磨损胸臆；[1]
心儿太累，要稍喘，
　　爱情也需要歇息。
黑夜原是为了爱，
　　白昼转眼就回还，
但我们不再徘徊
　　沐着那月光一片。

（1817 年）

---

[1]　以"剑"喻灵魂，以"鞘"喻躯体，是欧洲人常用的比喻。

本国既没有自由可争取

本国既没有自由可争取，

    为邻国的自由战斗！

去关心希腊、罗马的荣誉，

    为这番事业断头！

为人类造福是豪侠的业绩，

    报答常同样隆重；

为自由而战吧，在哪儿都可以！ [1]

    饮弹，绞死，或受封！

（1820 年 11 月）

---

[1] 车尔尼雪夫斯基和杜勃罗留波夫认为：这行诗代表着拜伦一生的指导思想和行动准则。

自佛罗伦萨赴比萨途中所作 ①

不必讲历史上伟大的名字；

青春的日子是辉煌的日子；

年纪二十二，桃金娘，常春藤，②

抵得过尊荣的桂冠千万顶！

脸上起了皱，金冠又算啥？

像五月的露水浇洒枯花！

从斑白的头顶把它甩掉！

谁稀罕花环的那点儿荣耀？

名声啊！我对你若有兴趣，

并不是爱听你响亮的吹嘘；

是为了要看她明锐的目光——

---

① 拜伦 1819—1821 年在意大利拉文纳居留期间，曾积极参加烧炭党的革命活动。1821 年，烧炭党发动的革命起义终归失败，党人被当地政府驱逐出境，拜伦不得不和他们一同离开拉文纳，经过佛罗伦萨前往比萨。（拉文纳、佛罗伦萨、比萨，是意大利东北部、中部、西部的重要城市。）《自佛罗伦萨赴比萨途中所作》一诗所表现的"爱情至上""及时行乐"的主题，也许与革命斗争失败后颓丧失意的心情不无关系。

② 桃金娘和常春藤都是常绿的植物，借以比喻青春。桃金娘又是爱神维纳斯的圣花，可以象征爱情。

她懂了：我并非配她不上！
为了她，我才找你，得到你；
你最美的光辉在她的眼底；
听我的事迹，她两眸炯炯：
这就是爱情！这才是光荣！

为一支印度乐曲配词 ①

我这孤单、孤单、孤单的枕头！

我那情郎在哪里？怎不见回还？

阴沉沉梦里瞥见的，可是他航船？

辽远，孤独，在狂涛巨浪上飘游！

我这孤单、孤单、孤单的枕头！

我怎么头疼——在他当年的卧处？

迂缓的长夜，惨淡无欢地虚度！

我头颈低垂，恰似低垂的杨柳。

你呵，我这冷落、凄凉的枕头！

给我送来好梦吧，免得我心碎！

不要辜负我终夜常流的泪水，

让我活下去——迎接他浪里归舟。

那时，你再也不会孤单了，枕头！

那时，我双臂再度紧紧拥抱他，

_____

① 这支印度乐曲名为《阿拉·马拉·潘卡》。

好开心，死了也甘愿——只要见到他！

唉！这孤苦的心境！这孤单的枕头！

（1821 年 11 月）

凯法利尼亚岛日记 ①

死者们全都惊醒了——我还能睡眠？

　　全世界都抗击暴君——我怎能退缩？

丰熟的庄稼该收了——我还不开镰？

　　枕席上布满了荆棘——我岂能安卧！

进军的号角天天鸣响在耳边，

　　我心底发出回声，同它应和⋯⋯

---

① 凯法利尼亚岛：希腊领土伊奥尼亚群岛之一，位于伊奥尼亚海中。1823 年 7
月 14 日，拜伦乘坐自己出资配备枪炮军械的战舰"赫拉克勒斯号"，从意大
利启程前往希腊，亲身参加希腊的独立战争。他于 8 月 3 日到达凯法利尼亚
岛，在岛上住了四个多月，为战争做好各项政治的、军事的准备工作，直到
12 月 28 日才离开该岛前往迈索隆吉翁。这首诗表现了诗人渴望投入实际斗
争的热情，从诗题来看，当系在该岛逗留期间所作。原诗只写了五行半（译
成中文时，把最后的半行改成了一行）；作者本来打算写多少行，为什么没
有写完，都已无从查考。

致苏里人之歌①

苏里的儿郎！起来，上战场！

时机已到，把重任承当！

那边有城墙，那边有城壕，

冲啊！冲啊！苏里的英豪！

那边有战利品，那边有美人，

儿郎们，上前，尽你的本分！

你们有一击再击的威力——

把阿里②大军不放在眼里，

---

① 苏里是伊庇鲁斯（今希腊西部和阿尔巴尼亚南部）的山区，民性勇武强悍。在土耳其统治期间，苏里山民曾长期坚持抵抗。拜伦在希腊时，曾招募五百名苏里壮士参加独立军，自己出钱支付他们的军饷。据伴随拜伦前往希腊的彼得罗·甘巴（烧炭党领导人之一）记述，《致苏里人之歌》是拜伦从凯法利尼亚岛前往迈索隆吉翁途中所作。甘巴追述说："水手们唱着一支又一支爱国歌曲，虽然单调，却能使我们这种处境的人受到感动。我们也参加进去，和他们一齐唱起来。我们所有的人——尤其是拜伦勋爵，兴致极好。"后来航船遇到风暴，在滨海小城德拉戈梅斯特里停留了三天。据甘巴记述，《致苏里人之歌》的草稿就在这里写成。

② 阿里：指来自土耳其的统治者。

你们家乡有险峻山区，
你们岛上有娇儿幼女，
就凭着这些，勇士们，冲锋！
冲啊！冲啊！苏里的英雄！
军刀就像我们的犁铧，
战场上收割另一种庄稼！
我们炸开的突破口后面
便是敌人和他们的据点！
那边有光荣，那边有财富，
向前，向前，叫雷霆让路！

三十六岁生日 [①]

这颗心既不再激动别个，

 也不该为别个激动起来；

但是，尽管没有人爱我，

 我还是要爱！

我的岁月似黄叶凋残，

 爱情的香花甜果已落尽；

只有蛀虫、病毒和忧患

 是我的命运！

烈焰在我的心胸烧灼，

 犹如火山岛，孤寂，荒废；

在这儿点燃的并不是炬火——

 而是火葬堆！

希望，忧虑，嫉妒的烦恼，

---

① 这首诗是作者的绝笔，逝世前不到三个月在希腊迈索隆吉翁所作。悲壮激越，历来被认作拜伦的名篇。当时作者正在希腊独立军中，准备率领一支部队进攻勒庞托港，不幸受到意外的干扰，这一进攻计划没有实现，作者也突患重病，于 1824 年 4 月 19 日在迈索隆吉翁逝世。"出师未捷身先死，长使英雄泪满襟。"

爱情的威力和痛苦里面

可贵的部分，我都得不到，

只得到锁链！

荣光照耀着英雄的灵椁，

花环缠绕在勇士的额旁——

在此时此地，怎容许心魂

被情思摇荡！①

看吧：刀剑、旌旗和战场，

希腊和荣誉，就在我四周！

斯巴达男儿，卧在盾牌上，②

怎及我自由！

醒来吧，我的心！希腊已醒来！

醒来吧，我的心！去深思细察

你生命之血的来龙去脉，

把敌人狠打！③

赶快踏灭那重燃的情焰，

---

① 这一节的大意是：此时是希腊人民为自由独立艰苦斗争的时刻，此地是他们浴血奋战的战场，只有壮烈捐躯的英雄或克敌制胜的勇士（花环象征胜利）才享有荣誉；在此时此地，前文所述那些个人的"情思"都是不足齿数的。

② 古代斯巴达人崇尚勇武。儿子出征时，母亲交给他一面盾，叮嘱他："把盾带回来，要不就躺在它上面回来。"意谓不战胜即战死。

③ 作者自命为古希腊文化传统的继承者，故愿认希腊为祖国，视希腊的敌人为敌人。

男子的习性不值分毫！

如今你再也不应眷念

美人的颦笑。

你悔恨等闲把青春度过，

那么，何必还苟活图存？

快奔赴战场——光荣的死所，

在那里献身！

去寻求（不寻求也常会碰上）

战士的坟墓，于你最相宜；

环顾四旁，选一方土壤，

去静静安息。

（1824 年 1 月 22 日，迈索隆吉翁）

那温柔的秘密深藏在我的心底 ①

那温柔的秘密深藏在我的心底，

　　永远孤寂，永远见不到光明；

你的心呼唤，我心潮才会涌起，

　　一阵战栗，复归于原先的寂静。

一盏墓灯的永恒而隐晦的光焰

　　在我心房的中央徐徐吐射；

那幽光空幻虚无，历来仅见，

　　"绝望"的暗影却无法把它吞没。

记住我！想想墓穴里是谁的遗骸；

　　若不曾想起，就别走过我墓旁！

世间只一种痛楚我万难忍耐，

　　就是发现你竟然把旧情淡忘。

为逝者哀伤，"美德"决不会责备——

　　这是我最后的、最弱的、最痴的一句话；

我全部的要求只是：给我一滴泪——

　　对爱情的头一次、末一次、唯一的酬答。

---

① 这是长诗《海盗》第 1 章的插曲。

十四行：咏锡雍①

不可征服的灵魂的永恒精神！②

　　自由啊！在这地牢里，你辉煌夺目！

　　因为你栖息在志士的心灵深处——

那心灵只听命于你，只对你忠贞。

你的儿子们被枷锁无情拘禁，

　　送入这不见天日的阴湿牢底；

　　他们的苦难换来了祖国的胜利，

使自由的荣名乘风播扬于远近。

锡雍啊！你这座监牢是一片圣地，

　　你这块阴郁的地面是一座圣坛——

　　因为庞尼瓦③印下了深深的足迹，

①　这是长诗《锡雍的囚徒》的序曲。锡雍古堡位于日内瓦湖东端，其中有昔日
　　反动统治者囚禁犯人的监牢。拜伦1816年在日内瓦居留期间，曾和雪同往
　　锡雍古堡探访。

②　不可征服的灵魂：指被囚的志士。永恒精神，指下行的"自由"。

③　庞尼瓦（1493—1570）是16世纪瑞士爱国志士。他致力于推翻萨伏依公爵查
　　理三世的封建专制统治并建立共和政体，曾两次被捕入狱，第二次被囚禁在
　　锡雍古堡里达六年之久。他被一条锁链拴着，在地牢里走来走去，以致在石
　　地上留下了深深的痕迹。

仿佛这冰冷的石地似草泥柔软；
千万不要磨灭掉这样的印记，
它们会向上帝控告暴政的凶残！

魔　咒①

当月光照着水面的波纹，

　　点点飞萤在草丛出没，

流星的曳光掠过了荒坟，

　　沼地上鬼火青荧闪烁；

陨星飞也似从高空坠下，

猫头鹰的哀啼互相应答，

山峦的暗影里，万木森森

一片静穆：在这个时辰，

借一种法力，借一道符箓，

我的精魂把你②缠住。

哪怕你躯壳沉沉昏睡，

你的心神却辗转不寐；

幢幢魅影不离你身边，

重重心事你无力驱遣；

---

① 这是诗剧《曼弗瑞德》第 1 幕第 1 场的插曲。作者 1817 年 2 月 15 日从威尼斯写信给约翰·墨瑞谈论《曼弗瑞德》时，特别提到了这首《魔咒》。
② "你"指曼弗瑞德。

陌生的魔力已将你守定，
叫你此后再难有清净；
你像被一件尸衣裹住，
你被投入了一团云雾；
这篇咒语的神奇魔法
要永生永世把你拘押。
当我走过时，你虽看不到，
你两眼默察，定然知晓：
我虽然不露踪影形骸，
却在你身旁，早已存在；
当你怀着神秘的恐怖，
转动头颈向四方环顾，
你必定惊诧我踪迹杳然，
不像你影子守在你身边；
你所感受的玄妙魔力，
你不能张扬，要将它隐蔽。
魔法的梵音，灵异的诗偈，
用一声诅咒给你施洗礼；
空中的精灵撒开了罗网，
把你的身心团团围绑；
天风里传来一个声音：
禁绝你享受人世的欢欣；

对你，黑夜决不再惠赐
她那天国的宁静安适；
白天自会有太阳一轮，
它会逼得你只求它快沉！
我从你欺诈的眼泪里提炼出
一种致人死命的毒素；
我从你心房榨出了黑血，
它在最黑的源泉里流泻；
我从你笑容里捉到了恶蟒，
它盘成一团，如同在林莽；
我从你唇中摄出了咒语，
奇灾巨祸全是它赐予；
我试了每一种已知的毒品，
毒性最烈的就在你自身。
凭着你奸谋的莫测深渊，
冰霜的心胸，蛇蝎的笑颜；
凭着你俨若温良的眼神，
凭着你深藏的伪善灵魂；
凭着你圆熟精到的技艺——
它逾越了你这凡人的心力；
凭着你害人受苦的欢快，

凭着你该隐式的手足友爱：①

我来号令你，我来强制你

充当地狱，囚禁你自己！

我向你头上倾倒金碗，

你就免不了受这番苦难；②

你的命运早安排停当，

既不是昏睡，也不是死亡；

死亡似乎越来越逼近，

尽管你情愿，也不免惊心；

看哪！这魔法已经见效，

你已经带上无声的镣铐；

咒文已贯注你脑髓、心灵，

就此衰萎吧，急急如律令！

① 该隐是亚当和夏娃的长子,杀其弟亚伯,事见《旧约·创世记》第4章。此处"该隐式的手足友爱"，指曼弗瑞德爱其妹阿丝塔特，却又毁灭了她的生命。
② 金碗里盛装的是神的愤怒，倾倒金碗即降灾降罚。典出《新约·启示录》第15—16章。

精灵的颂歌 ①

吾王万岁！——苍天和大地的君主！②

　　只见他走过云端，走过水面；

铸成他节杖的元素——风火水土，

　　在他的号令下，碎裂成混沌一片！

他呼吸——暴风在大海掀起狂澜；

　　他说话——乌云以滚滚雷霆作答；

他注视——阳光在他目光下逃散；

　　他转动——地震使人间山崩地塌。

在他的步履下，火山勃然喷吐；

　　在他的影子里，瘟神散播疫病；

在他的巡行中，彗星为他开路；

　　在他的怒火里，星球化为灰烬。

战神天天持祭品向他奉献；

---

① 这是《曼弗瑞德》第2幕第4场的插曲，是众精灵向神王或魔王阿理曼所唱的颂歌。

② "吾王""君主"：都指阿理曼。阿理曼，古代波斯宗教神话中的罪恶与黑暗之神。

死神源源将贡物向他交纳；
　生命和它的苦难，都由他掌管；
　　世间万类的灵魂，全归他统辖！

去国行 ①

别了，别了！故国的海岸
　　消失在海水尽头；
汹涛狂啸，晚风悲叹，
　　海鸥也惊叫不休。
海上的红日径自西斜，
　　我的船扬帆直追；
向太阳、向你暂时告别，
　　我的故乡啊，再会！
不几时，太阳又会出来，
　　又开始新的一天；
我又会招呼蓝天、碧海，
　　却难觅我的家园。
华美的第宅已荒无人影，
　　炉灶里火灭烟消；

---

① 这是长诗《恰尔德·哈罗德游记》第 1 章的插曲。据长诗的叙述，英国青年公子哈罗德出国游历，航船驶离英国海岸不远时，他唱了这首歌曲。译诗诗题沿用苏曼殊所拟定。

墙垣上野草密密丛生，

　　爱犬在门边哀叫。

"过来，过来，我的小书童！

　　你怎么伤心痛哭？

你是怕大海浪涛汹涌，

　　还是怕狂风震怒？

别哭了，快把眼泪擦干；

　　这条船又快又牢靠：

咱们家最快的猎鹰也难

　　飞得像这般轻巧。"

"风只管吼叫，浪只管打来，

　　我不怕惊风险浪；

可是，公子啊，您不必奇怪

　　我为何这样悲伤；

只因我这次拜别了老父，

　　又和我慈母分离，

离开了他们，我无亲无故，

　　只有您——还有上帝。

父亲祝福我平安吉利，

　　没怎么怨天尤人；

母亲少不了唉声叹气，

　　巴望我回转家门。"

"得了，得了，我的小伙子！

　　难怪你哭个没完；

若像你那样天真朴实，

　　我也会热泪不干。"

"过来，过来，我的好伴当！

　　你怎么苍白失色？

你是怕法国敌寇凶狂，①

　　还是怕暴风险恶？"

"公子，您当我贪生怕死？

　　我不是那种脓包；

是因为挂念家中的妻子，

　　才这样苍白枯槁。

就在那湖边，离府上不远，

　　住着我妻儿一家；

孩子要他爹，声声哭喊，

　　叫我妻怎生回话？"

"得了，得了，我的好伙伴！

　　谁不信你的悲伤；

我的心性却轻浮冷淡，

---

① 当时，英国同席卷欧陆的拿破仑法国正处于交战状态。恰尔德·哈罗德的航
　船从英国驶往葡萄牙，要经过法国海岸附近。

一笑就去国离乡。"
谁会相信妻子或情妇
　　虚情假意的伤感?
两眼方才还滂沱如注,
　　又嫣然笑对新欢。①
我不为眼前的危难而忧伤,
　　也不为旧情悲悼;
伤心的倒是:世上没一样
　　值得我珠泪轻抛。

如今我一身孤孤单单,
　　在茫茫大海漂流;
没有任何人把我牵念,
　　我何必为别人担忧?
我走后哀吠不休的爱犬
　　会跟上新的主子;
过不了多久,我若敢近前,
　　会把我咬个半死。

船儿啊,全靠你,疾驶如飞,
　　横跨那滔滔海浪;

①　哈罗德是贵族公子,这里指斥妇女的虚伪、轻浮和善变,是指"上流社会"
　　的贵族妇女而言,与上文"好伴当"(仆人)的妻子形成对照。

任凭你送我到天南地北，

　　只莫回我的故乡。

我向你欢呼，苍茫的碧海！

　　当陆地来到眼前，

我就欢呼那石窟、荒埃！①

　　我的故乡啊，再见！

————————

① 　石窟、荒埃：都是不毛之地。这几行的意思是说：我情愿置身于苍茫的大海
　　或不毛之地，也不愿留在我的故乡英国——所谓的"文明昌盛之邦"。表现
　　出哈罗德（实际上也是拜伦的）愤世嫉俗、孤高自许的性格和生活态度。

给伊涅兹 ①

请不必向我微笑，不必！

   我眉头紧皱，再没有笑容；

愿天神保佑你永不哭泣——

   哭泣只怕也毫无效用。

你问我：是什么隐秘的悲辛

   蛀蚀了我的青春和欢乐？

又何必枉费心思来探询

   你根本无力解救的灾厄？

不是由于爱，不是由于恨，

   也不是志向落空的懊恼，

使得我憎恶当今的处境，

   把往日珍爱的一旦全抛；

是由于一种深沉的倦怠——

   来自所遇、所见和所闻；

① 这是《恰尔德·哈罗德游记》第 1 章的插曲，是哈罗德在西班牙游历时所吟的一首诗。伊涅兹是西班牙常见的女子名。诗中那种拜伦式的阴郁是很有代表性的。

红颜再不能使我欢快，

　　你的明眸也不能吸引。

正如传说中流浪的犹太人 ①

　　被命运无尽无休地磨折；

死后的境遇既无法预闻，

　　生前又永无宁息的时刻。

哪一种流放能逃脱自己？

　　纵然我远走异域遐方，

"思想"这恶魔——人生的瘟疫，

　　始终跟着我，纠缠不放。

世人正纷纷作乐寻欢，

　　把我所抛却的一一细品；

我唯愿他们美梦沉酣，

　　永远莫像我遽然惊醒！

带着种种可憎的记忆，

　　我还要奔走千里迢迢；

我欣幸：我已经无所畏避，

　　最苦的苦味也已经谙晓。

---

① 流浪的犹太人：指犹太皮匠亚哈随鲁。据传说，耶稣赴刑场时路过他的小屋，想进去休息，被他斥逐。他因此遭到天谴，终身流离转徙，不得安宁。

究竟什么是最苦的苦味?

　　别问了，行行好，别追问下去；

微笑吧——别揭开人心的帘帷，

　　别去看心底阴森的地狱。

龙 岩 ①

龙岩雄踞，古堡峙立，

    怒视着莱茵曲折的洪流；

河水的胸怀茫茫涨溢，

    两岸的葡萄密密稠稠；

山峦遍布着林木花卉，

    田畴预告着丰年旨酒；

稀疏的城邑远近点缀，

    白墙掩映，景色清幽：

此情此景会加倍欢愉，

只消你啊，来与我相聚！

蓝湛湛眼珠的乡下姑娘，

    笑盈盈走过这片乐土，

递给我鲜花——娇蕾初放；

---

① 这是《恰尔德·哈罗德游记》第 3 章的插曲。龙岩是一座高峰，在德国科隆
附近的莱茵河滨，有古堡峙立其上。哈罗德巡游到此，流连胜景，怀念在英
国的姐姐而赋此诗。原诗无题，牛津大学出版的《拜伦诗选》以《龙岩》为题，
今从之。

诸侯故垒的灰墙几堵
高耸于浓荫翠叶之间；
　陡峭的岩壁攒眉怒目；
残破的拱门傲态俨然，
　俯瞰着葡萄成荫的幽谷；
莱茵河两岸应有尽有——
只欠你与我携手同游！
这一束百合，我投寄给你；
　只怕还不曾到达你手，
它们就已经萎谢无遗，
　但愿你不会拒绝收受；
对它们，我曾百般珍惜：
　想它们终会到你眼前，
指引你神魂前来此地；
　你一见它们憔悴的芳颜，
便知是采自莱茵河滨，
是我的心灵敬献的礼品！
大河奔腾，浪花飞溅，
　使大地陶醉，把人心吸引；
它千曲百折，次第展现
　周遭的万变常新的奇景；
若能在此地终身栖隐，

最高傲的心胸也怡然知足；
与自然、与我如此亲近，
除去此间，再没有别处；
你那双明眸若与我相随，
莱茵河两岸更令人心醉！

哀希腊①

希腊群岛啊，希腊群岛！

　你有过萨福②歌唱爱情，

你有过隆盛的武功文教，

　太阳神从你的提洛岛③诞生！

长夏的阳光还灿烂如金——④

除了太阳，一切都沉沦！

---

① 出自长诗《堂璜》第3章，全篇主旨是：缅怀古希腊英雄多次击败异族（波斯）侵略者，捍卫祖国独立自由的光荣业绩；哀叹今日祖国被异族（土耳其）宰割欺凌，全国同胞沦为亡国奴的屈辱境遇；召唤希腊人民振祖先之遗烈，奋起抗敌，光复故土，夺回自由。沉痛深挚而又壮烈高昂，使人感慨唏嘘而又催人发扬蹈厉。拜伦后来亲赴希腊、从军而死的悲壮事迹，更使这首诗增添了感人的力量和英雄的色彩，百余年来传诵不衰。在我国，至今已有多种中文译本。译诗诗题沿用马君武、苏曼殊所拟定。

② 萨福：公元前7—前6世纪希腊女诗人。善于写情诗，极负盛名。柏拉图称她为"第十个缪斯"（缪斯是希腊神话中的九个文艺女神）。

③ 提洛岛：基克拉迪群岛中最小的岛屿，据说是太阳神福玻斯（即阿波罗）的诞生地。

④ 希腊位于南欧，气候温热，在西欧、北欧人看来，有如四季常夏。

开俄斯歌手，忒俄斯诗人，①

　英雄的竖琴，恋人的琵琶，

在你的境内默默无闻，

　诗人的故土悄然喑哑——

他们在西方却名声远扬，

　远过你祖先的乐岛仙乡。②

巍巍群山望着马拉松③，

　马拉松望着海波万里；

我沉思半晌，在我的梦幻中

　希腊还像是自由的土地；

脚下踩的是波斯人坟墓，

我怎能相信我是个亡国奴！

---

① 开俄斯：爱琴海东部靠近小亚细亚的岛屿，相传是荷马的故乡。忒俄斯，小
　亚细亚西岸中部的城市，相传是阿那克里翁（公元前6—前5世纪希腊抒情
　诗人）的故乡。荷马的史诗多歌唱英雄事迹，下行"英雄的竖琴"指此。阿
　那克里翁的诗歌多吟咏爱情，下行"恋人的琵琶"指此。
② 古希腊人相信：人死后灵魂前往西方的"乐岛"。他们认为：那就是大西洋
　的佛得角群岛（在今塞内加尔以西）或加那利群岛（在今摩洛哥以西）。
③ 马拉松平原在雅典以东。公元前490年，波斯王大流士一世率领骑兵和步兵
　大举入侵希腊。希腊军队在米太亚得指挥下，在马拉松以劣势兵力大败波斯
　侵略军。所以下文说此地是"波斯人坟墓"。

有一位国王①高坐在山顶，

　　萨拉米海岛展现在脚下；

成千的战舰，各国的兵丁②，

　　在下面排开——全归他统辖！

天亮时，他还在数去数来——

太阳落水时，他们安在？

他们安在？祖国啊！你安在？

　　在你万籁齐喑的国境，

英雄的歌曲唱不出声来——

　　英雄的心胸再不会跳动！

你的琴向来不同凡响，

竟落到我这凡夫的手上？

置身于披枷带锁的民族，

　　抛开了声誉，也自有想头：

至少，能痛感邦家的屈辱，

　　歌唱的时候，我满面含羞；

诗人在这里有什么作用？

---

① 一位国王：指波斯王泽尔士一世（大流士一世之子）。公元前480年，为雪马拉松败绩之耻，他率部再次大举入侵希腊，巨舰一千二百艘，小艇三千艘，军威之盛，为古史所未有。希腊海军在萨拉米岛附近给以迎头痛击，波斯军大败，损失战舰无数，仓皇溃退，从此一蹶不振。萨拉米海战进行时，泽尔士曾坐在岸边山崖上观战。

② 各国的兵丁：指波斯军队中有来自被波斯征服的国家的兵士。

为祖国落泪，为同胞脸红！①

缅怀往昔，只流泪？只羞惭？

　我们的祖先却热血喷流！

大地啊！从你怀抱里送还

　斯巴达英雄好汉的零头！

三百名勇士给三个就够，

重演一次温泉关战斗！②

怎么，静悄悄？声息毫无？——

　听见了！是死者回答的声音：

"有一个活人挺身而出，

　我们就都来，都来效命！"

这声音像远处山洪喧响，

可是活人呢，却不开腔。③

换换调子吧，说这些白搭；

　满满倒一盏萨摩斯美酒！④

---

① 据《堂璜》第3章的叙述，这首《哀希腊》是一位颇有名气的希腊诗人所唱的歌曲。这位诗人曾漫游英、法、德、西、葡、意、土耳其、阿拉伯诸国，但作此歌时已回到敌寇铁蹄蹂躏下的希腊。这一节是吐露自己为什么要回国和回国后的感受，表现了真挚感人的爱国之情。

② 温泉关战斗是希腊人民爱国精神、勇武精神和牺牲精神的典范和象征。

③ 鲁迅在《摩罗诗力说》中指出：拜伦对于被压迫、被奴役的民族和人民，既"哀其不幸"，又"怒其不争"。这里，拜伦借希腊诗人之口对希腊"活人"所做的讥讽，正是"怒其不争"的意思。

④ 萨摩斯岛在开俄斯岛东南，两岛皆产酒。下文所谓葡萄之血指红葡萄酒。

打仗让土耳其人去打!

　　流血让开俄斯葡萄去流!

你听! 酒徒们多么勇敢,

轰然响应这可耻的召唤!

皮瑞克舞步^① 你们还会跳,

　　皮瑞克方阵^② 今日在何方?

两项课业中, 为什么忘掉

　　那更为崇高英武的一项?

老卡德摩斯^③ 教你们字母,

难道是为了教育亡国奴?

满满倒一杯萨摩斯美酒!

　　最好别再想这些问题!

阿那克里翁的妙曲清讴

　　也曾借助于醇酒的神力;^④

①　皮瑞克舞:是希腊古代流传下来的一种模拟战斗的舞蹈。

②　方阵是古希腊军队的一种战斗队形。皮瑞克方阵,相传是伊庇鲁斯国王皮洛士(前 319—前 272)作战时所用的方阵。

③　根据古希腊传说,卡德摩斯是腓尼基王阿革诺耳的儿子,他把腓尼基字母介绍到希腊来,从而创制了希腊字母。

④　阿那克里翁的诗多系歌颂醇酒和爱情。

他侍奉波吕克拉提——暴君；①

那时候主子总还是本国人。

刻松的暴君——米太亚得，②

　　他捍卫自由，何等勇武；

但愿我们在此时此刻

　　有一个这样刚强的雄主！

靠他手里的锒铛铁锁，

把我们捆扎得牢不可破。

满满倒一杯萨摩斯美酒！

　　苏里的山岩，巴加的海岸，③

有一脉遗族兀自存留，

　　倒还像斯巴达母亲④的儿男；

那一带也许前人播了种，

---

① 波吕克拉提是公元前 6 世纪萨摩斯岛的统治者。阿那克里翁曾经是他手下的
宫廷诗人。（英语 tyrant 通常译为"暴君"。但是，古希腊历史上的 tyrant，与
通常所说的"暴君"含义不尽相同。罗念生先生译之为"独裁君主"，也有
人译之为"僭主"。在这节和下节诗中，仍暂译为"暴君"。）

② 米太亚得（约前 550—前 489）：古雅典统帅。早年曾治理雅典的殖民地刻松。
返回雅典后，曾指挥马拉松战役，用一万一千兵力击败了波斯的十万大军，
捍卫了希腊的自由。

③ 苏里，见第 116 页注。巴加是苏里地区的滨海小城，在今希腊西部普雷韦
扎西北。

④ 斯巴达母亲：原文直译是多里斯母亲。多里斯是古希腊一地区，多里斯人是
斯巴达城邦的建立者，所以"多里斯人"与"斯巴达人"往往是同义语。

后代可算得赫丘利血统。①

争取自由别指靠西方 ②——

　　他们的国王精于做买卖；

靠本国队伍，靠本国刀枪，

　　才是你们的希望所在；

土耳其武力，拉丁人欺骗，

都能把你们盾牌砸烂。

满满倒一杯萨摩斯美酒！

　　树荫下，少女们起舞翩翩——

一对对乌黑闪亮的明眸，

　　一张张红润鲜艳的笑脸；

想起来热泪就滔滔涌出：

她们的乳房都得喂亡国奴！

让我登上苏尼翁 ③ 石崖，

　　那里只剩下我和海浪，

　　只听见我们低声应答；

---

① 赫丘利即赫拉克勒斯（前者为罗马名，后者为希腊名），希腊神话中最伟大
　 的英雄。斯巴达人奉赫丘利为自己的祖先，"赫丘利血统"即指斯巴达种族。
　 这一节是说：只有在山区继续反抗土耳其统治者的苏里山民，才不愧为斯巴
　 达勇士的后代。
② 西方：原文 Franks，直译是法兰克人，这是希腊人对西欧人的称呼。此处指
　 西欧各国的统治者。下文的拉丁人也是指他们。
③ 苏尼翁：雅典半岛南端的海岬。

让我像天鹅，在死前歌唱：①

亡国奴的乡土不是我邦家——

把萨摩斯酒盏摔碎在脚下！

---

① 天鹅将死时要唱歌，这是欧洲人的传统说法。

黑袍僧 ^①

留神! 留神! 那黑袍僧人

　　靠诺曼石碑坐下,

夜半时分, 他念诵祷文,

　　在做往日的弥撒。^②

当阿孟德维 ^③——山区的权贵

　　把诺曼寺院夺取,

驱逐了众僧, 只有这一位

　　却始终不肯离去。

奉国王亨利诏令和权力,

---

① 这是长诗《堂璜》第16章的插曲。据长诗的叙述,堂璜从俄国到达英国以后,
应邀到英国贵族亨利·阿孟德维勋爵的祖传邸宅——诺曼寺院做客,有一次
在餐桌上,听到女主人艾德琳·阿孟德维夫人唱了《黑袍僧》这首歌曲。这
首译诗每行顿数都与原诗音步数一致,行末韵脚安排也完全按照原诗;除此
之外,原诗第1节第1、3、5行,第2节第1、5、7行,第3节第5、7行,
第4节第1、3、5、7行,第5节第1、7行都安排了行内韵,译诗也做了同
样安排。

② 弥撒是天主教的一种宗教仪式。此处"做弥撒"指祷告或念经。

③ 阿孟德维:指亨利·阿孟德维勋爵的祖先。

要教会土地还俗；①

利剑在手中，炬火照墙壁，

　　看僧徒谁敢不服。

这一位留下，没赶走，没抓，

　　却不像血肉之身；

在门廊闪露，在教堂飘忽，

　　白天却踪影难寻。

他究竟赐福还是降祸，

　　那我可说不明白，

阿孟德维的这座寓所，

　　他昼夜总不离开。

屋主家有人燕尔新婚，

　　喜榻边，他来惊扰；

屋主家有谁一命垂危，

　　他也来——不是来哀悼。

屋主家幼婴刚一出生，

　　就会听见他悲恸；

这古老家族遭逢变故，

---

① 国王亨利：指英王亨利八世（1491—1547）。他在 1532 年因离婚事件与罗马
　教会决裂后，曾强制解散英国的几百座天主教修道院，没收其土地财产。拜
　伦家的祖传邸宅——纽斯台德寺院，也是按照亨利八世的命令从僧侣手中没
　收的；卖给拜伦的祖先以后，也常有僧侣幽灵出现的传说。

他就在月光下走动。
只见他身形，不见他面容，
　　面容被头巾蒙住；
从缝隙中间，瞥见他两眼
　　闪烁似幽冥鬼物。

可留神！留神！那黑袍僧人，
　　他依然有权有势；
教会的权柄由他来继承，
　　蔑视世俗的统治。

白天，阿孟德维是主子，
　　黑夜，怪僧是主人；
对他的权威，没一位亲贵
　　敢在酒宴中质问。

当他走动时，别跟他说什么，
　　他也会默默无言；
他披着黝黑的僧袍掠过，
　　像露水掠过草尖。

不管黑袍僧是善是恶，
　　愿老天将他保佑！
不管他祷祝、祈求什么，
　　愿他的灵魂得救！

堂璜与海蒂 [①]

他们的小艇渐渐靠近陆地，

    已经望得见各处不同的地形；

感觉到浓密绿荫的清新气息

    飘拂在林梢，使空气柔和平静；

那绿荫映入他们呆滞的眼里，

    像帘幕，挡住了波光和赤热的天穹——

不论什么都可爱，只要能抛开

那浩渺、咸涩、恐怖、永恒的大海。

这海岸一片荒凉，杳无人影。

    只有险恶的狂澜环绕在周遭；

但他们急于登陆，便奋力前行，

    顾不得惊涛在前方汹汹吼叫，

[①] 节译自《堂璜》第2至4章。始于第2章第103节，终于第4章第73节。中间有节略未译之处，都用省略号表明。诗题为译者所加。

上文叙述西班牙贵族青年堂璜出国远游，在海上遇到风暴，航船沉没，堂璜和少数幸存者在一条小艇上挣扎求生，后来艇上只剩下四个活人，但终于接近了陆地。原诗每节八行，每行五音步，韵式为ababacc。这种八行诗体是从意大利移植来的。译诗每行五顿，韵式依原诗。

顾不得拢岸的途中浪花怒涌,

　飞沫腾空,隐隐有一座暗礁;

他们找不到更好的登陆地点,

便强行拢岸——翻了个船底朝天。

······

尽管他[①]枯瘦僵硬,衰弱疲乏,

　却浮起年轻的肢体,冲击波澜,

竭尽全力,想在天黑前到达

　那横亘前方的、高亢干爽的海滩;

最大的危险是附近一条巨鲨,

　它咬住大腿,拖走他一个伙伴;

另外两个呢,因不识水性而沉溺,

除了他,再没有什么人到达陆地。

没有那片桨,他同样休想登岸:

　当他虚弱的两臂已无力挥动,

一个恶浪将他一下子打翻,

　天缘凑巧,那片桨冲到手中;

他两手只管狠命将它紧攥,

　水势凶猛,他被那浪涛驱送;

又游,又蹚,又爬,到后来总算

---

① 他:指堂璜。

半死不活地被海水卷上了沙滩。

从悻悻咆哮的骇浪中，把性命夺还，

　　他气息如丝，身躯紧贴着沙土，

手指甲抠进去，唯恐倒退的波澜

　　又把他吸走，送回那贪馋的坟墓；

被抛在岸上，直挺挺僵卧沙滩，

　　就在他对面，峭壁下有个石窟；

剩下的知觉刚刚够感到痛楚，

小命算是得救了，还怕靠不住。

他摇摇晃晃，慢慢挣扎着起身，

　　又跌跪，膝头流血，两手颤抖；

随后，他用眼光四下里搜寻

　　这些日子里海上同舟的难友；

没找到什么人来分尝他的苦辛，

　　只一个——那三个饿鬼之一的尸首：①

他死后两天，总算找了块地方——

这陌生的荒寂海滩——作他的坟场。

他望了一阵，只觉得头昏脑涨，

　　眼前的沙滩仿佛在回旋起舞；

他失去知觉，颓然跌倒在地上，

---

① 开始望见陆地的时候，小艇上共有四个活人和三个饿死者。

侧卧着，手儿伸出，滴着水珠，
挨着那片桨（他们应急的桅樯）；

像一朵凋零的百合，委身尘土；
躯体修长，面容苍白，却很美，
可以同任何血肉之身来比配。
湿漉漉，昏睡了多久，他也弄不清，

对他说来，这世界已经消失，
他那凝滞的血液、迟钝的官能

已无法感受时间——黑夜或白日；
他也不记得怎样从昏迷中苏醒，

只觉得疼痛的筋骨、脉络和四肢
又渐渐有了生气，开始动弹：
死神败退了，但仍然且退且战。
他两眼睁了又闭，闭了又睁，

晕头转向，什么都迷迷糊糊，
以为还是在船上，打瞌睡刚醒，

不由得再次感到绝望的恐怖，
但愿一睡便死去，永享安宁，

可是不一会儿，知觉又渐渐恢复：
昏沉沉，慢悠悠，他两眼恍惚看到
一个十七岁少女可爱的容貌。
那张脸挨近他的脸，那张小嘴

贴近他嘴边，试探他有气没气；
　力求把他的魂灵从死路唤回，
　　温软的手儿不住搓揉他肌体；
想使他血脉活跃，她又用清水
　　把他冰冷的太阳穴轻轻浇洗；
在这样温柔的抚摩、焦急的护理下，
他叹了一口气——对这番好意的回答。
一领斗篷盖好他裸露的肢体，
　　一杯提神的甜酒给他灌下；
他灰白如死的脑门颓然凭倚
　　她那温馨、澄净、透明的脸颊；
娇美臂膊把疲弱头颅扶起，
　　巧手拧干被风浪打湿的鬈发；
他心胸起伏悸动，她提心吊胆，
他不时呻吟叹息，她跟着轻叹。
小心翼翼地，这位仁慈的小姐
　　和侍女一道，把他抬进了石洞；
那侍女虽也年轻，却比她大些，
　　体格更健壮，仪态不及她庄重；
她们生了火，那遮护他们的岩穴
　　没见过天日，如今被火焰映红；
这少女（谁知是什么人）在火光影里

更显得轮廓分明，颀长端丽。

额前有一排黄金圆片首饰，

　　傍着那褐色鬈发闪闪发光；

她鬈发成串，那些更长的发丝

　　编成一根根辫子纷披在背上；

在妇女中间，她是最高的个子，

　　这些发辫却几乎垂到脚旁；

她的风度透露着尊贵的身份，

　　仿佛她是这块土地的女主人。

她头发，我说过，是褐色；而她的眼珠

　　却黑得出奇，和睫毛颜色一样；

睫毛长长地下垂，像丝绒流苏，

　　诱人的魅力在那暗影里深藏；

当一道强烈的目光从那儿飞出，

　　最快的羽箭也没有这股子力量；

像盘绕的长蛇猛然伸直了躯体，

　　同时投射出它的毒液和威力。

她额头又白又低，脸上的红颜

　　像傍晚时辰夕阳染就的红晕；

甜美的小小朱唇叫我们惊叹，

　　庆幸有眼福观赏这样的奇珍；

她给雕塑家充当模特儿是上选；

（说穿了，雕塑家不过是骗子一群——
我见过一些美人儿，真正完美，
比他们的石头样板高明百倍。）

……

我们这一位少女却不像这般：

　　她衣着斑斓多彩，纺绩精良；
一绺绺秀发漫卷在脸颊旁边，

　　其间有金饰和宝石吐射光芒；
腰肢上一根束带荧煌耀眼，

　　华贵的丝绦在面纱里面飘扬，
手指上珠玉亮晶晶；雪白的脚丫子
却古里古怪：穿拖鞋，不穿袜子。

……

这两个送衣送食，将他侍奉，

　　嘘寒问暖，那样的温存和好意
（我必须承认）确是女性的特征，

　　竟有上万种体贴入微的把戏；
她们做出了一份精美的肉羹——

　　诗歌里很少加以吟咏的东西，
自荷马咏阿喀琉斯的盛宴以来，

这是诗歌里出现的最好的饭菜。^①

这一双女子是谁，我告诉你们，

　　免得把她们猜作乔装的公主；

我讨厌卖弄玄虚，和晚近诗人

　　得意的绝招——哗众取宠的态度；

一句话：这两个少女的真实身份

　　现在向你们好奇的眼睛亮出——

她们是小姐和使女；小姐的家中

只一个老父，干的是水上的营生。

年轻的时候，他乃是渔夫一名，

　　现在和渔夫还可算同一类别；

只是如今他在海上的行径

　　加上了一点别样的投机事业；

说穿了，也许会叫人难以为情：

　　运一点私货，搞一点海上劫掠；

生意兴隆，发横财不下百万，

头领就剩他一个——他一人独占。

这样，他还是一名渔夫，不过

---

① 据荷马《伊利亚特》第 9 卷，希腊人在特洛伊战争中失利后，曾派遣奥德修
　　斯等三人去见阿喀琉斯，请他重新参战，阿喀琉斯以盛宴款待他们。

是捉人的渔夫，和使徒彼得一样；①

他经常追捕过往客商的船舶，

　　往往能一网打尽，如愿以偿；

船上的货物他没收，人员他掳获，

　　然后，把他们押送到奴隶市场，②

为这种土耳其买卖提供货品，

无疑，这买卖能赚来大笔金银。

他是个希腊人，在基克拉迪群岛③

　　一座方圆不广的荒僻岛屿，

靠不义之财，把豪华府第建造，

　　生活得自由自在，随心所欲；

天晓得他杀人若干，发财多少，

　　这老汉（怪不怪？）性格却阴沉忧郁；

我知道，他那座府第堂皇宏伟，

处处是粗俗的雕刻、金饰和彩绘。

这老汉单生一女，名叫海蒂，

---

① 据《新约·马太福音》第4章，耶稣在加利利海边行走，看见渔夫彼得和他兄弟安得烈向海里撒网，耶稣对他们说：来，跟从我，我要使你们成为捉人的渔夫。彼得后来成为耶稣的十二使徒之一。译者按：耶稣所谓"捉人的渔夫"，是指能够征服人心、网罗大量信徒的传道者；拜伦在这里借用此语，却是指掳掠客商的江洋大盗。如此借用，意在调侃。

② 奴隶市场：贩卖人口充当奴隶的市场。下行的"土耳其买卖"也是指这种买卖。

③ 基克拉迪群岛在爱琴海中，属希腊。

是东方海岛最大财富的继承人；
她容华出众，和她的笑颜相比，

丰厚的嫁妆简直就不值分文；
正是女孩儿长大成人的年纪——

十几岁，像一株绿树妩媚温存；
拒绝了几个求婚者，正想要学会
从众人中间挑选中意的一位。
那一天，太阳快要落水的辰光，

她到海边沙滩上溜达了一次，
峭壁下，发现昏迷不醒的堂璜——

没死也差不多——几乎饿死和淹死；
瞧见他赤身露体，她好不惊惶，

又想到怜惜救助是义不容辞，
免不得尽力而为，把他救过来——
这性命垂危的外乡人，皮肉这么白。
可是，把他送进父亲的宅院，

只怕未必是救他的最好主意：
那好比把耗子送到馋猫跟前，

好比把昏迷的活人埋到土里；
因为这"好心"老头儿心计多端，

可不像阿拉伯好汉那般侠义；
他会好好给这外乡人治疗，

等他一脱险，马上就把他卖掉。

因此，她和她使女转念一想，

　（小姐办事情不靠使女可不成），

最好让他先在石洞里休养；

　等到他清醒过来，睁开了眼睛，

她们对客人的善心也愈益增长：

　精诚所至，天国的关卡也放行——

（圣保罗说过：行善才能进天国，

善心便是通行税，非交纳不可。）①

她们在那儿生起了一堆旺火，

　用的是她们当时在海湾近旁

四处拾得的乱七八糟的家伙——

　海里冲来的破烂船板和断桨，

晒久了，一碰，就跟火绒差不多，

　断裂的桅樯变得像一根拐杖；

上帝慈悲，破玩意儿真还不少，

二十个烧火的也不愁没有柴烧。

他的卧榻是毛皮，和一件女大衣——

---

① 圣保罗：《新约》中的教会领袖保罗，天主教尊他为圣人，故称圣保罗。善
心是进入天国必须交纳的通行税，此语不见于《新约》，可能是糅合了保罗
的下面两句话：其一，他说凡恒心行善者即可得到永生（见《新约·罗马书》
第2章）；其二，他说臣民应当向征税者照章纳税（同上，第13章）。

海蒂用她的貂裘给他垫床；
想到他也许会偶尔醒来，在这里

要使他更加温暖，更加舒畅，
她们两个——海蒂和她的侍婢

又各自拿一条裙子给他盖上；
她们说好了天一亮便再来探视，
送早饭（咖啡、面包、蛋和鱼）给他吃。
她们离开他，让他一个人睡觉，

他睡得像一枚陀螺，像一具死尸；
是长眠还是短睡，只上帝知道，

他那昏沉的头脑一无所知；
往日忧患的魅影不曾来袭扰，

不曾幻化为可憎的噩梦；而有时
我们会梦见酸楚的前尘旧影，
信梦境为真，醒来还泪眼莹莹。
小璜睡得好，没做一个梦；那女郎

给他垫平了枕头，正举步离开，
又停留片刻，回头又向他张望，

以为听见他呼唤，忙转过身来。
（心头会出错，像舌头、笔头一样。）

他睡了；她嘴里念叨，心里胡猜，
说他叫了她名字——她竟没想到

她名字叫啥，这时他还不知道。

她一路沉思，走向父亲的第宅，

　　吩咐左伊对此事不得声张；

这话的含意，左伊比她更明白——

　　比她早生一两年，多懂点名堂；

一两年，抓得紧，就等于一个时代；

　　左伊这两年，像多数女子一样，

是从"自然"那高明的古老学校

学到了种种有用的生活奥妙。

天亮了，山洞里，璜依然睡得很熟，

　　没有什么来惊扰他的酣寐；

不论是近处潺潺奔泻的溪流，

　　还是被挡在洞外的乍露的朝晖，

都不曾打搅他，他可以尽情睡够；

　　饱尝忧患的人儿睡了还想睡——

可怜他受苦受难比谁都要多，

好似我爷爷《自述》中记载的奇祸。[①]

海蒂可不同：她翻来覆去睡不好，

　　刚从梦寐中惊醒，翻个身，又梦见

───────────

①　作者的祖父约翰·拜伦（1723—1786）是海军军官，著有《约翰·拜伦自述》
　　一书，其中叙述了1740—1746年间他在海上经历的种种艰危苦难。

千百件残桅断桨老把她绊倒，

　　溺死的美少年横陈竖卧在海边。

天不亮就唤醒侍女，惹得她唠叨，

　　又唤起父亲的奴仆们，他们不免

用亚美尼亚、希腊、土耳其腔调

把小姐咒骂一番，抱怨她胡闹。

就这样，她起身，也叫他们都起身，

　　借口是太阳快要出来了，等等；

日出和日落使天空霞彩缤纷，

　　朝阳乍吐无疑是奇观异景，

那时，群山还在潮雾中浸润，

　　巢中的鸟雀同黎明一道觉醒，

黑夜被甩掉——像寡妇把丧服甩掉，①

不再为丈夫（或别的坏家伙）戴孝。

……

这时，海蒂与晨光迎面相逢；

　　她的面容比晨光更为鲜艳——

心血升腾到脸颊，再无路可通，

　　便恣意点染，放散成一片羞颜：

_____

① 西方习俗，丧服为黑色。

像阿尔卑斯的^①川流，水急浪猛，

　　奔泻到山崖脚下，遭到阻拦，

汇成一片湖，波纹一圈圈涌动；

又像是红海——然而红海并不红。^②

这岛上少女来到了峭壁下边，

　　迈着轻快的脚步向石窟走近；

初升的旭日向她露出了笑颜，

　　妙龄的奥罗拉^③以露水亲她的唇吻，

把她错认成姐妹——这实在难免，

　　谁瞧见她们两个也都会错认；

人间的这个，同样光鲜而清丽，

却更胜一筹：不是空灵的大气。

又惧怯，又急切，海蒂走进了石窟，

　　看见小璜像婴儿一样甜睡；

她停下脚步，站着，那神情仿佛

　　有几分敬畏（睡眠常令人敬畏）；

又踮脚近前，把他严严地裹住，

---

① 阿尔卑斯：欧洲最高的山脉，在意大利北部与法、德、瑞士、奥地利等国交界处。此处"阿尔卑斯的"意为"阿尔卑斯山地的"。
② 红海位于亚洲阿拉伯半岛与非洲之间，海水多呈蓝绿色，只有局部水域因红色海藻繁茂而呈红棕色。
③ 奥罗拉是罗马神话中的女神，代表曙光或朝霞。所以下文说她是空灵的大气。

唯恐阴冷的湿气侵入他血内；
然后，她弯下身子，死一般沉寂，
缄默的双唇摄取他微微的气息。

……

他还是躺着，消瘦枯槁的面颊
　浮现着一抹深浓的病态潮红，
像远处雪山顶上的夕照残霞；
　额上的皱纹表述了历经的苦痛，
青筋也显得暗淡、萎悴而虚乏；
　乌黑的鬒发因沾濡海水而沉重。
经过波涛的浸洗，咸涩，潮润，
而又混染了石窟的阴湿气氛。
她俯身向他，他在她下方熟睡，
　像母亲怀里的婴儿那样安稳，
像无风时节的柳丝那样低垂，
　像沉沉入梦的海洋那样温顺，
像艳冠群芳的玫瑰那样娇美，
　像巢里初生的天鹅那样柔嫩；
尽管祸患使肤色略显焦黄，
他毕竟是个十分俊俏的儿郎。
他醒了，望了望，本来又会睡着——
　又困乏，又疼痛，渴想更多的睡眠；

可是，他眼前浮现的娇艳容貌

　　却使他无法重新合上眼帘；

女子的容颜上帝绝没有白造，

　　甚至祷告的时候，小璜的两眼

也会从圣徒、殉道者可怕的形相

转向圣母马利亚美妙的画像。

于是，他撑着胳膊肘子坐起，

　　痴痴望着那少女——她的脸颊上

红白二色的玫瑰在争妍斗丽，

　　费了不少劲，她才缓缓开了腔；

眼神流露了情意，说话却忸怩；

　　一口现代希腊语，纯熟流畅，

带伊奥尼亚 ① 口音，轻柔动听，

对他说，他还虚弱，只管吃，别作声。

璜不是希腊人，听了也茫然不晓；

　　不过，好在他还有耳朵和听觉，

她的嗓音宛如鸣禽的啼叫，

　　娇柔，悦耳，温婉而又清越，

再没有比这更美更纯的曲调，

这悠扬宛转、魅力无穷的乐章

---

① 伊奥尼亚在小亚细亚西岸，古代属希腊，今属土耳其。

仿佛从天庭帝座翩然而降。

……

（让我接着讲下去。）疲弱的堂璜

    撑着胳膊，抬起头来，于是

见到了一种业已久违的景象——

    三四样饭菜——感谢上帝的仁慈！

这些天，他净吃生的^①，填塞饥肠，

    到如今腹内空空，绞痛不止；

他便向端来的食物猛扑过去，

活像是牧师，郡长，巨鲨，或狗鱼。

……

他身上只一条破裤子，不大体面，

    她们两个又不免忙碌一场，

一把火打发了他那些布条碎片，

    且把他装扮得像个土耳其儿郎，

更像希腊人——因为免了这几件：

    穆斯林头巾、拖鞋、短剑、手枪；

给了他全套装束（除了些零碎），

衬衫挺干净，长裤子又宽又肥。

---

① "吃生的"：指鲣鸟、燕鸥、海龟等物。（在发现陆地之前的困难日子里，堂
璜等人曾偶尔捕获这些动物充饥。）

于是，美丽的海蒂又开口作声，

　　堂璜却连一个字也不明瞭；

这希腊少女看见他正在聆听，

　　便更加来劲，竟说个没完没了；

对她的新朋友、她所保护的病人

　　一个劲儿说下去——好在他不会打搅；

最后，停下来换口气，她才发现

他压根儿不懂现代希腊语言。

她便借助于点头和举手投足，

　　借助于微笑和传情达意的眼光；

她读着她能够读懂的唯一图书——

　　他清秀面容上显现的句句行行；

通过交感，获致了真情的答复，

　　一瞥虽短暂，心灵的答案却绵长；

就这样，每看一眼，她都能读到

千言万语，和她猜想的那一套。

这时，他也靠着手势和眼神，

　　靠着一字一句地跟她学舌

来学习她的语言；而毫无疑问，

　　主要不是猜话语，而是猜脸色。

正如一个人热心研究天文，

　　主要靠观察星象，不是靠书册；

堂璜向海蒂的眼睛学希腊语言，

比攻读什么课本都更为灵验。

让女子的嘴和眼传授外国腔调

    是一种愉快的经历（我意思是指

当那教的人、学的人都青春年少，

    至少在我到过的异邦是如此。

你若说对了，她们就欣然微笑；

    你若说错了，她们便微笑不止，

会捏捏你的手，甚至会吻你一下——

就靠这么着，我学了一点外国话。）

……

（再回头来说堂璜。）如今，一听到

    陌生的词语，他便照样跟着讲；

可是有一种情感，像阳光普照，

    无法长久幽闭在他的心房

（正如尼姑的心房里也幽闭不了）：

    他已经堕入情网，而她也同样，

走的是我们早已见惯的路子——

有少女对你施恩，你也会如此。

每天在破晓时分（对小璜来说

    是早了一点，因为他喜欢睡觉），

她到洞里来，也不为别的什么，

只是来看看巢中安歇的小鸟；

她会轻轻把他鬈发来抚摸，

　　小心在意，不把他睡梦打搅；

俯向他脸颊和嘴唇，她气息轻吐，

像清爽的南风吹拂着玫瑰花圃。

一朝又一朝，他容光更加焕发，

　　一日又一日，他精力愈益恢复；

身强力壮就痛快，着实不差，

　　再说，那也是帮衬爱情的要素：

健康和闲暇之于爱情的烈火，

　　有如油和火药；同时

还得靠谷物神、酒神来传经送宝，

没有他们，爱神的攻势长不了。①

······

两个都年轻，一个又这样单纯，②

　　像没事一般，在海里浮游洗沐；

她觉得，璜就像天上送来的妙人，

　　正是两年来她眠思梦想的人物，

---

① 意谓：人们若是不吃饭不喝酒也就没法谈恋爱。《堂璜》第16章第86节也
　　有类似的说法。
② "一个"指海蒂，因为在此之前，堂璜已有过一次恋爱的经历，海蒂则全然没有，
　　所以说她"单纯"。

是让她来爱的，能使她幸福的神品，

　　而她也自信能使他同样幸福；

不论谁，欢乐必得与对方分享——

"幸福"一出世就是孪生一双。

她只消看他一眼，就满心欢畅；

　　同享天然的乐趣，被爱抚而战栗，

他睡去、醒来，她总守望在身旁，

　　生命仿佛在扩大，有增无已；

一辈子相依相守是过高的愿望，

　　一想到同他分离就难免惊悸；

他是她的，是海里得来的奇珍，

是她的头一个也是末一个恋人。

时光流逝，匆匆又是一个月，

　　美丽的海蒂天天来探望情郎；

她多方防范，让他神不知鬼不觉

　　悄悄在怪石嶙峋的角落里潜藏；

终于，她父亲的船队又出海营业，

　　去搜寻海上那些来往的客商——

和古代不同，要抢的不是伊娥，①

———————————

① 据希腊神话：伊娥是一个美貌少女，为宙斯所恋，后来成为埃及女王。此处"要
抢的不是伊娥"，意谓：不是为了劫夺少女。

是驶往开俄斯的三艘拉古萨船舶。^①

她这就自由了，因为她没有母亲，

　　当她的父亲出海远航的时候，

她无拘无束就像已嫁的妇人，

　　像随心所欲东跑西颠的女流，

又没有一个兄弟来碍事分心，

　　在照过镜子的女人里，就数她自由。

她便延长了每次的访问和交谈，

　　（哪能不交谈！）他学话学了这么多，

已经能提议到外边散步一番，

　　——自从那一天，他像初开的花朵，

掐断，萎垂，湿透，僵卧在海滩，

　　直到如今，还很少出去走动过——

于是，晚半晌他们就外出游逛，

看红日西沉，对面是东升的月亮。

这海岸荒无人影，激浪翻飞，

　　上面是峭壁，下面是辽阔的滩头；

四处有纵横流泻的港汊溪水

　　向遭遇风暴的客人温存迎候；

---

① 开俄斯：见第 142 页注①。拉古萨城有两个：一个在亚得里亚海东岸，即今南斯拉夫的杜布罗夫尼克；一个在意大利的西西里岛上。此处指哪个，未详。

沙丘和巨石像卫队在周遭拱卫，

　　骄恣的狂涛日夜咆哮不休；

到了冗长的夏日却风恬浪静，

大海变得像湖泊一样晶莹。

……

海滨——我想，刚才我是在这里

　　描述海滨吧？不错，正是海滨——

此刻偃卧着，像天穹一样静谧，

　　碧波不卷，沙岸也毫无动静，

四下里悄然无哗，一片沉寂，

　　只有海豚的跃动，海鸟的啼鸣；

细浪被低处的岩石或沙洲阻截，

暗自恼恨着它未能沾湿的地界。

……

黄昏已近，一刻比一刻更凉，

　　火红的夕阳沉入淡蓝的山脉；

苍茫大地环抱着森罗万象，

　　全都静止了，沉默了，消褪了光彩；

一边是月牙形弯弯萦绕的山冈，

　　一边是幽静的、冷气森森的大海；

天上，从那片玫瑰色晚霞背后

亮出一颗星，宛若炯炯的明眸。

他们俩信步漫游，手儿相携，

　　在闪闪发光的卵石、贝壳上踯躅，

踏过平滑坚实的滩头沙砾，

　　到石顶遮护、石室幽深的洞府，

这久经剥蚀的、荒凉的容身之地

　　由风雨形成，却俨如匠心构筑；

他们俩进来歇息，互挽着臂膊，

顺从了绛紫暝色撩人的魅惑。

他们仰望天穹，那飘游的霞彩

　　有如玫瑰色海洋，浩瀚而明艳；

他们俯眺那波光粼粼的大海，

　　一轮圆月正盈盈升上海面；

听得见浪花飞洒，清风徐来，

　　看得见对方黑眸里射来的热焰——

觉察到四目交窥，他们的双唇

便互相凑近，黏接，合成了一吻，

这是长长的一吻，在这一吻间

　　凝聚着他们的青春、爱情和美丽，

像太阳的光辉凝聚在一个焦点；

　　这样的一吻只属于人生的早期；

那时，热血像熔岩，脉搏像火焰，

　　灵魂、心智和感官和谐如一，

每一吻使心灵一震。

　　天晓得他们那一吻持续了多久——
他们不曾估算过；即使去估算，

　　也无法算出每分每秒的感受；
两人没说一句话，但情意萦牵，

　　彼此的灵魂和嘴唇相呼相逗，
一会合，便像采蜜的蜂儿般黏上——
他们心房像花朵，分泌着蜜浆。
他们是孤寂的，却又不同于那班

　　蛰居室内的幽人所感到的孤寂；
这沉静的大海，这星光映照的海湾，

　　这每时每刻消褪着的嫣红霞绮，
这滴水的岩洞，这悄然无语的沙滩，

　　在周遭环绕——他们俩紧紧偎依，
仿佛天底下除他们再没有生命，
他们的生命将永在，永不凋零。
荒滩上别无耳目，无须惧怯，

　　对阴森暗夜他们也毫不害怕；
他们彼此就是一切的一切；

　　吐字不连贯，却想象自己在说话，
热情如火的言词来得简洁——

　　只一声轻叹，就能传神地表达

天性的神圣谕旨——青春的初恋——
夏娃留给她后代女儿的遗范。
海蒂从未吐露过犹疑顾虑，
　　不要求对方立誓，也不曾许愿；
她从未听说凭誓约以身相许，
　　也不懂热恋的少女面临的风险；
像年轻的鸟儿飞向年轻的爱侣，
　　纯洁无知主宰着她那片心田；
负心薄幸她做梦也没想过，
坚贞不渝在她也不消一说。

她爱，也被爱；她倾慕，也被人倾慕；
　　于是，按照天性的本来模样，
他们炽烈的灵魂互相倾注——
　　灵魂若会死，早就被热情烧光！
随后，他们的神智慢悠悠恢复，
　　再次被激情压倒，任激情冲撞；
海蒂的心儿狂跳着——贴着他心胸，
仿佛两颗心再不会分开来跳动。

……

像深渊像烈火的时刻已经过去，
　　堂璜在她的怀抱里静静酣眠；
海蒂没有睡，她胸部迷人的柔躯

温存地，牢靠地，将小璜头颈稳垫；
她时而仰望天空，时而又细觑
　　那被她胸怀烘暖的苍白俏脸；
脸儿枕着她心儿，心儿在腾跃——
为了它已经和正在赐予的一切。

当一个婴孩瞥见一道亮光，
　　一个乳儿刚刚喝足了奶水，
一个信徒望见天使在飞翔，
　　一个阿拉伯人接到贵宾一位，
一个水兵因战功获得奖赏，
　　一个守财奴装满了秘藏的钱柜，
他们的兴高采烈全都比不上
向沉沉睡去的恋人痴痴凝望。
他躺着，那样可爱，那样从容，
　　他生命与我们同在，与我们会合；
那样温良，柔弱，寂然不动，
　　全未意识到他此刻给人的欢乐；
他感觉、经受、施予、判明的种种
　　都默默深藏，叫旁人无从探索；
他躺着，带着一身的魅力和缺陷，
就像那没有死之恐怖的长眠。

少女守望着情郎，在幽寂的时辰——

　　这幽寂来自爱情、黑夜和大海，

三者凝成了合力，注满她灵魂；

　　傍着荒僻的沙滩，粗犷的石块，

海蒂和她那饱经风浪的情人

　　避开了纷扰，把香巢秘窟安排；

苍穹里密布的繁星从来没见到

有谁像海蒂这样喜溢眉梢。

……

海蒂是"自然"的伴侣，不懂得这个；

　　海蒂是"热情"的女儿，她生长的地方

骄阳倾洒着三倍的热焰光波，①

　　把明眸少女的亲吻也烤成火烫；

她生来就要爱，要与意中人遇合，

　　除了这，什么话、什么事都不在心上；

除了这，她不爱，不怕，不指望，不关切，

她的那颗心只守着这一处跳跃。

……

如今是大礼告成，永结同心：

　　僻静海岸上，婚礼的花烛——星光

---

①　希腊位于南欧，比英国气候温暖，阳光强烈。

向美妙人儿投洒下美妙光影，

　　大海是他们的证人，石窟是洞房；

"幽寂"是慈蔼的神父，给他们缔姻，

　　"真情"使这段良缘神圣吉祥；

一对幸运儿！照他们稚气的肉眼

看来，他们是天使，尘世是乐园。

……

他们是一对幸运儿——哪怕不合法，

　　也沉入无辜的欲望尽情享受；

欢会频繁，胆量也越来越大，

　　海蒂竟忘了这岛子是父亲所有；

得到了心爱的东西，就丢它不下——

　　至少在开头，还未曾厌倦的时候。

就这样，她频频前来，不错过一分钟，

趁她的海盗爸爸巡游在海中。

莫怪他敛财的方式有些异样，

　　哪怕他抢遍了各国的船舶千艘，

只消他换个头衔，唤作首相，

　　这些钱就不是别的，只是税收；

皆因他秉性谦恭，心存礼让，

才选了这诚实的行业，屈居下流；^①
他在公海上航行，干的不过是
一位海上检察官的例行公事。

……

他料理好了他那些海上事务，

四处都派了小艇巡逻游弋，
他那条大船已需要修修补补，

于是，他把船开回他女儿那里
（她正在那里把娇客殷勤照顾），

但那边海岸水浅，又没有荫蔽，
几里外还藏着暗礁——他的港口
不设在那里，设在岛子的另一头。

……

到一座小山顶上，他歇脚停留，

望见他那些白墙掩映的屋宇；
在这些漂泊归来的游子心头

从集着多少古怪离奇的思绪！
心神不定，揣想着吉凶休咎——

对多数亲朋眷念，对少数疑惧；

---

① "诚实的行业"：指海盗。因为首相和海盗同样是巧取豪夺，搜刮钱财，而首相则道貌岸然，巧立名目，所以相形之下，海盗还较为诚实。

千情百感越过已逝的流年，

把我们的心境带回当初的起点。

……

他看见自己家园里林木苍翠，

　　看见阳光下雪亮的白色墙垣；

他听见溪水淙淙，远方犬吠；

　　他发现凉爽幽暗的树荫下面

人影在晃动，刀剑在闪射银辉

　　（东方国土上，人人都佩刀仗剑）；①

还望见人们五光十色的衣裳，

浓艳鲜明，像翩翩彩蝶一样。

当他走近了众人所在的地界，

　　为这种少见的闲荡而惊诧莫名，

他听见——唉！不是上界的仙乐，

　　却是亵渎神明的世俗琴声！

那调子真叫他怀疑自己的听觉，

　　这缘故他猜它不透，弄它不清；

又是一阵笛，一阵鼓，过不了一会儿，

又一阵笑闹，全不是东方风味。

他继续前行，更加靠近了那里，

---

① 西欧人所说的"东方"，包括土耳其和当时土耳其统治下的希腊在内。

快步流星地走下了一片斜坡；

透过摇曳的树枝，瞥视那草地，

　　种种景象都显示节日的欢乐：

像僧人①一样舞蹈的，是一群仆役，

　　仿佛绕着一根轴，团团旋转着；

他看出那是威武的皮瑞克舞蹈——

利凡特②居民对它有特殊爱好。

再往前，是一队跳舞的希腊女孩，

　　排头最高的，挥动着白色头巾，

她们连成了一串，像珍珠一挂，

　　手儿牵挽着手儿，正跳个不停；

雪白脖颈上飘下褐色的长发

　　（一根就够使十个诗人发神经）；

那个领队的唱着，这一群女郎

用齐一的舞步歌喉，配合她歌唱。

这边，盘腿围坐在杯盘四周，

　　几人一席的宴会刚刚开始；

长颈瓶装着萨摩斯、开俄斯美酒，

　　眼前摆满了烩饭和各种肉食，

---

① "僧人"：指伊斯兰教苦修僧。他们举行宗教仪式时，身体回旋舞蹈。

② 利凡特：地中海东岸从希腊到埃及的地区。

甜果汁装在有孔的瓶子里凉透，

　　饭后的果品悬垂于头上的藤枝——

在枝上点头晃脑的石榴、柑橘，

不消采摘，熟了就落入衣裾。

……

他禀性素来沉静，不爱多言，

　　很乐意突然归来，吓女儿一跳

（通常他吓人一跳用的是刀剑），

　　这次他回家，事先没派人关照，

他来了，谁也没惊动，谁也没发现；

　　好一阵，他疑心瞧错了，瞧了又瞧；

他瞧见这么多嘉宾应邀前来，

高兴倒不多，满肚子惊疑奇怪。

他还不知道（人们爱炮制谣言），

　　谣言传播着（希腊人对此道精通），

说是他死了（造谣的永远死不完），

　　因此，这几周，他全家服丧悲恸；

如今呢，眼睛干了，嘴唇也发干，[①]

　　海蒂的双颊又重新泛出桃红，

泪水返回了它们的源头所在，

---

① 嘴唇发干：是说海蒂家中那些人办完了丧事又想喝酒了。

她为了给自己办事而管起家来。
这才有这许多酒肉、歌舞和管弦，
　　使这座岛子变成了行乐之乡；
仆人们醺醺大醉，游手好闲，
　　这日子使他们个个心花怒放。
比照着海蒂这般花费金钱，
　　她父亲的好客就显得小家子气象；
她正专注于爱情，难得分身，
可也怪，事情还办得有条不紊。

……

他走向最近一席的最近一人，
　　拍拍他肩膀，露出古怪的微笑——
顺便说一句：只要他这样笑吟吟，
　　不管意味着什么，总不是吉兆。
他问这喜庆场面是什么原因，
　　那被他问话的、酒气熏人的希腊佬
正喝得痛快，哪管问话的是谁，
只把葡萄酒满满斟上一杯，
也没把那颗蠢脑袋转过来看看，
　　这酒鬼神气活现，醉态十足，
从肩膀上边，递过来盈溢的杯盏，
　　回一句："说话口干，我没有工夫。"

"老主人死啦，"第二个人打着嗝插言，

　　"你最好去问他闺女——我们的主妇。"

第三个："主妇！呸！说主公才对，

主公——不是老的，是新的那位。"

这几个家伙是新来的，不知道自己

　　在跟谁说话。兰勃若脸色沉下来，

刹那间，他眼中闪过一丝荫翳，

　　但随即消失，依然是温文和蔼，

尽力恢复了脸上原来的笑意，

　　请他们中间一位说个明白：

新主公姓甚名谁，是何身份——

看来，他已把海蒂变成了夫人。

"我可不知道，我也管不着，他是谁，"

　　那人说，"他是干啥的，他从哪儿来；

可是我知道：这只烤阉鸡挺肥，

　　谁也没吃过这等下酒的好菜；

要是你觉得我说的不怎么够味，

　　就去找旁边那汉子问个明白；

是好是歹，他都能对答如流，

没有谁比他更爱听自己吹牛。"

······

不再问什么，他走向那座府第，

不过走的是一条幽僻的小径，

没有谁碰见他，碰见也不曾注意，

那一天谁也没想到他会到来；

对女儿的疼爱怜惜，在他的心底

会不会为海蒂求告，我可说不清；

家人认定他死了，却狂欢饮宴，

这样的丧礼可真是别开生面。

……

他走进房子——已不是他的家屋，

人类的感情中，这一种最难隐忍；

死到临头时内心的剧烈痛楚

只怕也不像这般难受难禁；

眼看温暖的家庭变成了坟墓，

冰冷的炉边残留着"希望"的灰烬：

这是一种深沉酷烈的悲怆，

对此，单身汉简直无法想象。①

他走进房子——已不是他的家屋，

没有了情意，也就没有了家庭；

他感到还家而无人迎候的孤苦：

这里，他多年居住，他曾享安宁，

_____

① 拜伦自己曾经遭逢婚变，家庭破灭，所以有此深切的感受。

可惜安宁的日子又少又急促；

　　这里，他疲惫的心胸、敏锐的眼睛

溶于他女儿那片赤子的心田——

那是他仅有的真情的唯一圣殿。

……

他全部钟爱倾注在女儿身上；

　　干过了、见过了那么多惨毒的暴行，

他心扉没完全闭紧，透一线光亮，

　　原不为别的，只为对她的柔情；

这情感独一而真纯，不容违抗，

　　若是失落了，就会使他的心灵

与人间的温情善意彻底绝缘，

犹如那圆眼巨人^①戳瞎了独眼。

母虎失去了幼虎，暴跳如雷，

　　使牧人和他的羊群魂飞魄散；

怒海翻滚着狂涛，白沫横飞，

　　使靠近礁石的船员心惊胆战；

凶猛的家伙，疯狂发作了一回，

　　怒气不久就耗尽，趋于和缓；

---

① 圆眼巨人：指吃人的怪物波吕斐摩斯。他的独眼长在额上，被奥德修斯用计戳瞎。详见荷马《奥德赛》第9卷。

远远比不上这铁石心肠的严父

狞厉、专一、深切、无言的震怒。

……

傍晚，兰勃若穿过一道便门，

　　没让人看见，进入了他的厅堂；

这时，那窈窕淑女和她的情人，

　　华贵雍容，端坐在盛筵之上；

象牙镶嵌的餐桌居中放稳，

　　头干脸净的奴婢环侍四旁；

餐具多半是金银、宝石器皿，

珠贝、珊瑚制成的便算是次品。

席上约莫有上百种佳肴异味；

　　羔羊肉，各种肉食——不必细叙，

胡榛子果仁，番红花羹汤，牛膟，

　　入网的众多鱼类里最美的鲜鱼，

烹调考究和绪巴里斯 ① 人比美，

　　饮料是各色果汁——葡萄，柑橘，

还有石榴汁，从果皮里面榨出来，

这样，饮用的时候格外爽快。

----

① 绪巴里斯：古希腊人在意大利南部建立的殖民城市。绪巴里斯人以奢侈享乐
著称。

饮料罗列着，都装在水晶罐内；

　　宴会结束时，有鲜果、甜枣面包块；

阿拉伯运来的地道木哈咖啡 [1]

　　盛在小巧的瓷杯里，最后端进来，

再用精雕细镂的特制金杯

　　垫在那底下，免得把手儿烫坏；

咖啡加丁香、肉桂、番红花煎熬——

我担心这会把咖啡味道弄糟。

室内，壁上的帷幔是天鹅绒挂毯，

　　分许多长方格子，色彩各异；

丝织的粉红花朵密缀其间，

　　花朵四周镶一道黄边围起；

挂毯上端，用豪华绮丽的丝线，

　　在深蓝底子上绣出淡紫色字体，

那是波斯文警句：有诗人的诗行，

还有道德家的说教——比诗人高尚。

……

海蒂和堂璜脚儿轻轻践踏

　　那镶着淡蓝花边的绯红锦缎；

他们那一张簇簇新新的软榻

---

① 　木哈是阿拉伯的海港(在今也门共和国)。木哈咖啡是阿拉伯所产的上等咖啡。

足足占了新房的四分之三；

天鹅绒靠垫（配得上国王陛下）

　色泽猩红，正中央光焰闪闪，

簇拥着一轮赤日——用金箔浮雕，

似亭午登临绝顶，明辉普照。

……

所有的服饰里，我最爱海蒂的衣衫；

　她穿着两件胸衣——一件是淡黄，

衬衫交织着桃红、雪白和天蓝，

　那里面，胸脯起伏，似柔波轻浪；

另一件胸衣晃耀着金光赤焰，

　纽扣是珍珠——大小如豌豆一样；

条纹白罗纱斗篷围裹着周身，

飘动着，像月亮周围的白净浮云。

黄金镯子环抱着娇婉手臂，

　不用锁——是纯金制成，十分柔韧，

伸缩自如，放松收紧都随意，

　形状跟着手臂走，百依百顺；

它这样精美，谁见了都会入迷；

　紧箍着，生怕手臂不跟它亲近；

最纯的真金偎着最白的肌肤，

金银首饰何曾有这等艳福！ ①

类似的金环套在她脚腕上方，

　表明了身份——她是岛上的公主；②

鬓发间宝石争辉，似群星朗朗；

　手戴十二枚戒指；用一串珍珠

把垂到胸前的面纱轻轻束上，

　那珍珠价值多少，谁能说出！

她那条土耳其绸裤，橘红色，挺宽，

围护着人间最美的一双脚腕。

长发的褐色波涛奔流到脚边，

　像阿尔卑斯的湍流染上阳光；

这秀发若无拘无束，尽情披散，

　能把她丰盈的躯体全部掩藏；

什么时候只要有清风出现，

　拍动羽翎，为海蒂扇凉送爽，

秀发便嗔怪那绾住它们的丝带，

只想挣脱那羁缚，好玩个痛快。

她使周遭的气氛生机洋溢，

　空气流过她眼前也变轻灵；

她两眼澄波荡漾，柔情旖旎，

　　比得上我们遐想的天国仙境；
莹洁有如普绪刻①的少女时期，

　　比人间纯而又纯的还要纯净；
威临一切的魅力与她同在，
向她下跪也不算盲目崇拜。
她的眼睫本如夜一般浓黑，

　　却按照习俗染了色——徒劳无益：
乌亮的眼眸早有了乌亮的绒穗，

　　不免嗤笑这手工涂染的墨迹；
眼眸固守着原有的天然之美，

　　算是进行了抗争，争了一口气；
而她的指甲也证明人工无用：
抹上了指甲花汁，却难胜天工。
指甲花本当染得又深又浓，

　　才能衬托出肌肤皓白如雪；
她无须如此：群山顶上的黎明

　　也不曾像她这样光辉皎洁；
望着她，会疑心自己可曾睡醒：

　　太美了，多么像梦境，多么像幻觉！

---

① 普绪刻：希腊神话中爱神厄罗斯（即罗马神话中的丘比特）所热恋的少女。

我也许说错，可莎士比亚也说：

给纯金镀金，给百合上色，是蠢货。①

堂璜披一条黑底金纹的肩巾，

　罩一领白色斗篷，透明如冰纱，

看得见里面宝石的煜煜光影，

　像银河点点星辰吐射光华；

头巾围拢，显出优雅的褶印，

　翠玉冠饰藏有海蒂的鬈发，

别住冠饰的簪子，似眉月一弯，

幽光闪烁明灭，却延续不断。

……

言归正传吧。——到这时，酒阑人散。

　侏儒和舞女离场，奴仆也退下；

诗人不唱了，阿拉伯故事讲完，

　再也听不到酒酣耳热的喧哗；

只留下女主人和她心爱的侣伴

　共赏天边那艳如玫瑰的流霞——

祝福马利亚！在茫茫大地和海洋，②

　最与你相称的，是这最美妙的辰光！

---

① 此语见于莎士比亚戏剧《约翰王》第4幕第2场。

② "祝福马利亚"典出《新约·路加福音》第1章，后来成为天主教徒祷告时的口头禅。

祝福马利亚！祝福这神圣的时辰！

就在这样的时间、地点、场合里，

我常常感觉到黄昏威力无垠，

俯临着如此奇丽温馨的大地；

微弱的白昼颂歌已高飞远遁，

深沉的晚钟在远处钟楼响起，

没一丝风影掠过绯红的天穹，

幽林的枝叶仿佛被晚涛惊动。

……

甜美的黄昏！松林和海岸都寂寞，

岸上是拉文纳①远古洪荒的林莽，

亚得里亚海曾经把这儿淹没，

残存的恺撒②故垒耸立在近旁；

常绿的森林！你那迷人的传说，

---

① 拉文纳：意大利北部名城，拜伦于 1819—1821 年间在此居住。
② 恺撒（前 100—前 44）：古罗马杰出的政治家和统帅。

薄伽丘讲过，德莱顿也曾吟唱，①

使你成了我情牵梦绕的胜地，

我多么爱黄昏时刻！我多么爱你！

尖脆的鸣蝉，栖息在松林之中，

　　以一曲长歌度过夏日的流光；

除了我，除了马蹄声，除了晚钟，

　　这蝉声便是林间唯一的清响。

奥涅斯蒂家猎人和猎犬的幽灵，

　　被猎逐的少女，警醒了人间的女郎，

从此，她们见情人不再躲闪——

都在我心头眼底宛然浮现。

黄昏星②！你带来一切称心的美事——

　　疲倦的，给他家宅；饿了的，给他酒饭；

让雏鸟钻入母鸟温存的翼翅，

---

① 指奥涅斯蒂的故事。据意大利作家薄伽丘（1313—1375）的名著《十日谈》第 5 日第 8 篇故事：拉文纳青年奥涅斯蒂爱上一个美貌的贵族小姐，该小姐高傲异常，不为所动。奥涅斯蒂便请她和另外一些人来到拉文纳郊外的松林里，让他们看到一幕幽灵现形的惨象：一个骑士带着两条猎犬追袭一个赤身少女。原来该少女生前冷酷无情，多次拒绝该骑士的求婚。致使该骑士自杀身死，该少女死后便遭此恶报。奥涅斯蒂所爱的小姐见此景象，幡然悔悟，遂与奥涅斯蒂成婚。拉文纳其他少女也都以此为戒，对求爱的青年不再冷若冰霜了。拜伦所喜爱的英国诗人德莱顿（1631—1700）曾根据这个故事写了一首叙事诗，但改换了故事中的人名。

② 金星在日落后出现于西方，欧洲人称之为"黄昏星"，中国人称之为"长庚"。

劳累的耕牛回到可意的牛栏；
家族神灵所呵护的家门福祉，

　　炉火周围洋溢着的和睦平安，
都被你召来，在我们身边聚拢；
是你让孩童投向慈母的柔胸。
温婉的时刻！扬帆浮海的游子

　　第一天抛离亲友，辞别家园，
你唤醒他们的心愿，惹动情思；

　　行路的旅客忽听得晚钟悠远，
一声声，仿佛在哀悼白昼的飘逝，

　　不由得怦然心动，柔肠百转；
这些难道是想入非非的幻梦？
既有消亡，又怎能没有悲恸！

……

小璜和他的爱侣相依相伴，

　　沉迷于两颗心儿的甜蜜交流；
严酷的"时间"挥动蛮横的长镰

　　把他们劈开的时候，也不免内疚；
他①虽是爱情的宿敌，如今也感叹，

　　叹他们韶光流失，良辰难久；

---

① "他"指"时间"。这里是把"时间"拟人化。

198

他们不会老——会死在快乐的春朝，

趁魅力和希望还不曾振翮飞逃。

他们的脸孔不是为了起皱纹，

　血液不是为停滞，心不为衰竭；

秋霜休想来点染他们的发鬓，

　他们永远是夏天，不知道冰雪；

雷电可以把他们殛为灰烬，

　但是，在阴沉衰惫的长途上蹀躞，

蛇一样爬行，他们委实做不来——

他们身上少了点俗骨凡胎。

如今又只剩他们默然相守——

　伊甸乐园也不过这般欢快；

他们永不会厌倦——只要不分手；

　绿树虽然被砍倒，与根柢分开，

河川虽然被水坝截断了源流，

　孩子虽然失去了慈母的抚爱，

也不像他们：一拆开迅即凋殒。

唉！人还有什么比心更根本！

……

对死亡，海蒂和堂璜未曾思考；

　天地和空气仿佛为他们造设；

挑不出"时间"的过错，只怪他飞跑；

他们对自己更觉得无可指责；
相互像镜子，在对方眼底看到
　"欢乐"如璀璨玉石，明辉四射；
知道这明辉无非是一片光影——
反映了他们眼底的脉脉深情。
温柔的偎抱，令人震颤的爱抚；
　轻轻的一瞥，比言语更能达意——
照样表白了一切，决不会啰苏；
　说起话来呢，像鸟语那样神秘，
只他们自己听得懂，似乎
　只肯向恋人显示真实的含义；
儿女的情谈趣语，有人会鄙薄——
只因他再难听到，或从未听过。
他们如此，因为他们是孩童，
　而且永远要像孩童般纯洁；
他们生来绝不是要在俗世中
　给沉闷戏文扮演匆忙的配角；
却像溪水里出生的一双情种——
　仙女和她的仙郎，不让人察觉，
优游于泉水之间，花丛之上，
从来不晓得人世时光的分量。
……

他们凝望着落日；这美妙的时间

　人人都喜爱，他们更赏心悦目；

是这个时辰使他们有了今天；

　夕照里，爱神第一次把他们征服；

那时，"幸福"是他们唯一的妆奁，

　暮色曾瞥见他们被激情拴住；

互相迷醉着，只要是能够唤回

前欢旧梦的，都同样使他们迷醉。

不知为什么，在今夕此时此刻，

　他们正凝望，一阵奇突的震颤

仿佛掠过了他们欢乐的心窝，

　像一阵疾风掠过琴弦或火焰，

使得那弦音战栗，火苗闪烁：

　不祥的异兆闪过各自的心田；

他胸中逸出一声轻微的低喟，

她眼底涌出一滴新来的眼泪。

她那先知一般的乌黑大眼

　圆睁着，仿佛要追逐天边的落日；

仿佛他们佳期的最后一天

　正跟那巨大的火球一同消逝；

他内心凄楚，又不知所为哪般；

　像叩问自己的命运，他向她注视——

用目光向她探询，求她谅解

这平白无端、玄虚莫测的感觉。

她向他微笑一下，忙转向一边，

　她那种笑容使别人无法微笑；

这震撼心灵的预感历时短暂，

　很快被她的神智与高傲压倒；

当小璜向她说起（也许是说着玩）

　这种不约而同的感觉，她答道：

"要是当真会那样——绝没有那种事——

我反正见不着，我也活不到那一日。"

璜还想再问，她便把他的嘴唇

　压在自己嘴唇上，来使他静默；

她不信预兆，用这深情的一吻

　把那不祥的念头赶出了心窝；

这是最好的办法，毫无疑问；

　有人说喝酒更好，那也没错。

我两样都试过；谁要想受用受用，

就请他任择其一：头痛或心痛。①

……

———————————

① 这是诙谐语。意谓：人们靠酒或爱情来排除烦恼，而酒会引起头痛，爱情会
引起心痛。

堂璜和海蒂互相注目凝眸，

　不说话，泪光闪闪，柔情脉脉；

是恋人，兄妹，母子，也是朋友——

　种种最美的情愫混糅交错；

纯真的心意彼此相注相投，

　相爱得过分深浓，无法减弱；

永恒的心愿，还有赐福的神力，

首肯了这种过度的痴情爱意。

他们的四臂交缠，两心密合，

　为什么他们不在这时候死去？

为什么要活到横遭拆散的时刻？

　未来的岁月只有残害和委屈！

这世界不是为了他们而造设，

　也不为萨福所唱的痴男怨女；

炽烈的爱情与他们同生同存，

那不是情感，那是他们的精魂。

他们的岁月本该在深林里消磨，

　像歌喉婉转的夜莺，行踪不露；

不该混迹于"社会"这昏霾的荒漠——

　罪孽、仇恨和忧患盘踞的巢窟；

自由的生灵是何等孤高落寞！

　悦耳的鸣禽也只肯双栖双宿；

鹰隼独自凌空；群鸦和群鸥

像世人一样，围啄腥臭的腐肉。

腮颊凭倚着腮颊，他们在午睡，

　这是恬适的小憩，并不沉酣；

不时有什么惊扰堂璜的梦寐，

　这时，他身上就会起一阵寒战；

海蒂的红唇仿佛在翕动微微，

　吐露出无言的乐曲，如溪水潺潺；

她那娇柔的脸颊让梦境牵动，

好似一玫瑰花瓣让清风掀动；

又好似阿尔卑斯山谷的河川，

　深湛澄澈，风一吹，碧波起伏：

她正像这般，悸动于扰人的梦幻——

　那窃踞我们心府的神秘怪物，

它趁着我们对灵魂无力拘管，

　依灵魂的喜好，将我们任意摆布；

生命的怪现象（做梦时生命完好）：

不用感官，能感觉；闭了眼，能看到。

她梦见自己孤零零留在海岸，

　拴在岩石上，不知是怎么回事；

她寸步难移，只听得咆哮声喧，

　巨浪腾涌，好一派雄威猛势，

向她威吓着，倾洒到她的唇边，

　逼得她透不过气来，抽噎不止；
随后，更迎头喷泻，又凶狠又高，
冲荡着，想要淹死她，她却死不了。
接着，又梦见从那里挣脱跑掉，

　两脚流着血，在尖利砂石上彷徨，
几乎每跨出一步她都要绊倒；

　瞥见了一个怪影在前方摇晃，
这怪影一片苍白，朦胧幽渺：

　她向前追逐，心里却不免惊慌；
它不肯停下来，不让她看清、抓住，
她上前将它攥紧，它却又逃出。
梦境又变了：她仿佛站在岩洞里，

　倾斜的岩壁悬垂着一柱柱石乳；
是岁月的留痕，经受过海涛冲洗，

　海豹也会来，为了产仔而潜伏；
她那纷披的长发水雾淋漓，

　她的黑眼珠仿佛也化为泪珠；
水珠滴沥着，峭岩更昏暗阴湿，
她猜想：水珠一落地便凝成砾石。
她脚下，透湿、冰冷、失却生命，

　堂璜苍白得像他额上的白沫；

她想把白沫揩掉，总是揩不净

　（她种种温存体贴已毫无效果）；

他那冷却的心儿再不会跃动，

　大海的涛声奏着低咽的挽歌，

像鲛人哀曲，老在她耳边回响：

这匆匆一梦比一生还要悠长！

定睛注视着死者，她觉得，似乎

　堂璜的面貌模糊了，变成了别个——

有点儿像她的父亲——渐渐，每一处

　都变得越来越像——活像兰勃若：

那疲惫而敏锐的神情，那希腊风度；

　她吃惊，醒来，哦！瞧见了什么？

这双黑眼睛是谁的？天上的神明！

眈眈凝视的，正是她父亲的眼睛！

她失声尖叫，跳起来，又跌倒在地，

　悲喜交集，希望和恐惧齐萌；

原以为这老人早已葬身海底，

　谁料想今朝又见他起死回生；

她最爱的人儿性命却有些危急：

　像往年的父亲，他与她相依为命；

这样的时刻实在有几分可怕——

我见过这种事——千万别再去想它。

堂璜听到了海蒂尖声惊叫，

　　一下子跳起来，扶住她，不让她倒下；

赶忙从墙上夺过他那把马刀，

　　便要对害人的家伙施加惩罚；

一言未发的兰勃若微微冷笑，

　　说道："我有偃月刀不下千把，

只消我一声令下，随喊随应；

小伙子，收起马刀，它一点没用。"

海蒂箍住他："璜，别，这一位

　　就是兰勃若——我父亲！快跟我跪下！

他会饶了我们的——是啊，一定会！

　　亲爱的爸爸，这真是悲喜交加！

当女儿吻您的衣襟，满心快慰，

　　怎容得半点猜疑在中间混杂？

听凭您发落我吧，按您的意旨；

只是求您饶了他——饶了这孩子。"

那老人昂然站着，神情莫测，

　　他说话语调安详，眼光也沉静

（这些可未必表明他心平气和）；

　　他望望海蒂，没答复她的恳请；

又望望堂璜，只见他义形于色，

　　激情汹涌，正打算豁出性命；

他横刀雄立，只要兰勃若一声唤，

有一个坏家伙进来，便决一死战。

兰勃若又说："小伙子，把马刀放下！"

　　堂璜："只要手听我使唤，休想！"

老头的脸色发白——可不是害怕，

　　便从腰带里拔出他那把手枪：

"好吧，就让你的血溅满你脑瓜！"

　　说完，便把打火石细细端详。

看它好用不好用（枪最近开过），

接着便扳动扳机，从容不迫。

……

兰勃若的手枪瞄准了，只消一眨眼，

　　堂璜和我的诗章就同归于尽；

海蒂却纵身挡在她情郎身前，

　　厉声呼叫着，严厉一如她父亲：

"要杀就杀我！我的错！这要命的海岸

　　他是碰上的，又不是成心找上门。

我爱他，是他的，死也要死在一块；

你是个响当当铁汉子，你女儿也不赖！"

　　一分钟以前，她还是满腔柔情，

　　满脸泪水，再加上满身稚气；

此刻却成了消灾免祸的救星，

雕像般威严，铁了心来挨枪击；
她身材高过一般女性和男性，

　　像个醒目的活靶子，挺身耸立；
两眼牢牢盯在她父亲脸上。
丝毫不想阻拦他动手开枪。
他向她注视，她同样向他注视；

　　两人相像得出奇，表情也一样；
都暴怒，都故作镇定，却无法掩饰

　　又大又黑的眼眸里互射的火光；
她平素温顺，可也像一头母狮，

　　被谁逼狠了，反扑时也够凶狂；
父亲给的血在父亲面前滚沸，
是他的血统真传——她当之无愧。
他们很相像——不论身材或相貌。

　　彼此不同的只是性别和年纪；
就连手儿也同样纤柔灵巧，

　　显示着血脉相传的亲子关系；
骨肉重逢，本应该眉开眼笑，

　　喜泪交流，一家子欢天喜地；
如今却横眉相对，凶相满脸——
怒气冲了顶，就会有这种场面。
那父亲踌躇了片刻，便把手枪

放回了原处；他还是那样站着，
注视她，仿佛要看透她心肝五脏；

　　说道："对这个外乡人，我不曾招惹；
不是我，把家里糟践成这般模样；

　　谁能受这种窝囊气，不动家伙？
我得尽我的本分——而你的本分

你尽得怎样？眼前明摆着，还用问？
叫他放下那把刀；不然，我起誓：

　　当着你，他脑袋就会像皮球打滚！"
说完，他拿起哨子一吹，于是，

　　另一声哨子响应，脚步纷纷，
冲进来一伙，人数约莫有二十，

　　全身披挂——从头顶直到脚跟；
小头目带队，乱糟糟，听老头下令：

"拿下这西方佬，不然，就要他的命。"
老头冷不防把女儿往后一拉，

　　这帮人便插到她和堂璜中间；
她被她父亲抓住，枉自挣扎，

　　他那双胳臂像恶蟒一样紧缠；
众海盗扑向堂璜，猛冲猛打，

　　像毒蛇被人激怒，朝前猛窜；
冲在头里的第一名蓦然倒地——

右肩被砍去一半，掉肉飞皮。

第二名脸上被砍出一条深槽；

　　第三名却是个老剑客，沉着机警，

用短剑连连挡住堂璜的马刀，

　　反攻得又快又准：没等你看清，

堂璜便倒在他脚下，无依无靠，

　　赤血像小溪流淌，汩汩不停；

他脑袋、胳臂都被那利剑砍中，

挂花两处，血口子又深又红。

七手八脚把堂璜就地捆紧，

　　正抬出屋子，兰勃若打了个手势，

示意他们快把他送到海滨，

　　那儿有几艘九点钟起碇的船只。

他们先到小艇上，划桨前行，

　　直划到一字排开的货船为止；

登上一条船，把堂璜关入舱底，

吩咐看守人：务必要小心在意。

人世间常有不测的风云变幻，

　　眼前这一桩尤其是大煞风景：

这公子年少翩翩，拥资巨万，

　　尽情受用着现世的种种欢情，

此时此刻，做梦也想不到祸患，

突如其来，被捉到海上远行，

受了伤，还不让动弹，连拴带捆——

都只为爱河起浪，少女怀春。

……

暂且把堂璜搁下——他总算平安，

　　虽则是身体不适——伤势不轻；

他那皮肉的苦楚怎抵得一半

　　海蒂的心胸此刻熬受的苦刑！

她不是那种女人：哭几次，闹几番，

　　发几回脾气，便幽幽俯首听命；

她母亲是个摩尔人，非斯①是老家，

那里要么是乐土，要么是荒沙。

那里，橄榄树丰饶的琥珀色果实

　　像雨点、像流泉一样源源倾吐，

花果和谷粒喷涌，遍地皆是；

　　却也有盘根错节的丛丛毒树；

半夜里听到喑呜吼叫的雄狮，

　　沙漠长途炙烤着骆驼的四足，

有时候狂沙怒卷，把商队埋葬；

　　那里土地是这般，人心也同样。

---

① 非斯：摩洛哥北部的历史名城。

非洲是太阳的领地，居民和土壤

　　同样都炽热如焚；从生命之初

摩尔人血液便受到骄阳烙烫，

　　不论是做好做歹，都精力十足；

这血液有如土地，能孳育哺养；

　　"爱"与"美"便是海蒂母亲的天赋；

她那双乌黑的大眼蕴蓄深情，

像狮子隐伏林泉，沉睡未醒。

她女儿，在较为柔和的阳光抚育下，①

　　像夏天的浮云，银白、柔滑而秀丽；

然而也孕育着雷电，迟早会爆发——

　　用暴雨扫荡长空，震恐大地；

她有生以来一直是娇柔温雅；

　　如今，受不了悲愤和绝望的凌逼，

烈火便爆出这努米底亚的血管②，

像热带狂飙横扫大漠荒原。

她最后看到的，是堂璜殷红的血川，

　　是他在刀光剑影里猝然倒下；

看到他——她心上人儿，俊秀少年——

---

① 指希腊的阳光比非洲柔和。

② 努米底亚：公元前 3—前 1 世纪北非古国名，可泛指北非。由于母亲是北非人，海蒂的血管里也流着北非人的血液，所以说它是"努米底亚的血管"。

鲜血在方才立足的地面上流洒；
这景象，她看了一眼，便没法再看——
痉挛地呻唤一声，停止了挣扎；
老父亲一直也没能把女儿抓牢，
这时，像砍倒的杉树，她颓然跌倒。
一根血管爆裂了，她嘴唇的色泽
被那鲜浓的赤血浸湿染透；
头颈低垂，像雨中低垂的百合；
侍女们闻讯而至，涕泪交流，
把小姐扶到床上，服侍她安卧，
又拿出她们收藏的药草和药酒；
可是对种种疗救，她一概拒绝——
"生"已难于留住她，"死"也难毁灭。
好几天，她恹恹僵卧，情况未变，
冰凉，却不曾发青，嘴唇还红润；
脉息已难寻，但死神尚未出现，
没什么恶相宣告她确实的凶讯；
身躯未腐蚀，希望还残存一线；
望着她脸庞，又使人深思细忖：
那脸上满溢着灵魂——她拥有的太多，
地府怎能一下子全都攫夺！
那主宰身心的激情依然如故，

正如雕塑得精妙入微的石像：

娇美的维纳斯虽被大理石凝固，

　　姿容不变，却永远神采飞扬；

拉奥孔万古常新的挣扎和痛楚；

　　罗马角斗士永驻的临终情状：[①]

都因为酷似活人而驰名天下，

却不似活人——固定了，永无变化。

她醒了——不像睡醒，像死而复苏：

　　对她，生命仿佛是陌生的东西，

仿佛是被迫接受的身外异物；

　　看到的一切都不能勾起回忆；

酷烈的创痛仍然铭刻于肺腑，

　　心房的搏动还真挚，还带来哀戚，

只是哀戚的根由已经不记得，

悲愤和冤苦仿佛歇息了片刻。

她木然望着晃来晃去的脸庞，

　　望着熟悉的旧物而全不认识；

[①] 维纳斯像（指"美第奇的维纳斯"而不是指"米洛斯岛的维纳斯"。后者1820年才出土，在拜伦写此诗之后），拉奥孔群像（即"拉奥孔的受难"），罗马角斗士像（即"垂死的高卢人"），都是有名的古代雕像，拜伦曾在《恰尔德·哈罗德游记》第4章中分别加以描述。拉奥孔：特洛伊的祭司，因触怒天神，和两个儿子同被巨蟒缠死。

她从不留心谁坐在她的枕旁，

　　也不问众人为什么簇拥环侍；

她并非喑不能言，却一声不响，

　　也不靠叹息来排解郁结的心事；

侍女们沉默或交谈，她毫无反应，

除了呼吸，她不像还有生命。

侍女们殷勤护理，她置之不顾；

　　她父亲前来看望，她眼光躲开；

任何人、任何地点，她都认不出，

　　不管往日她何等珍视和喜爱；

他们给她换房间，她全记不住，

　　只茫然躺着，记忆像一片空白；

他们想使她心念再回到当初，

终于，她圆睁两眼，眼神可怖。

有个家奴出主意：为小姐弹琴。

　　唤来了乐师，开始把丝弦拨响；

最初的音符又尖利，又纷杂不纯，

　　她目光闪闪，朝乐师望了一望，

便转身面壁，仿佛避开那琴音，

　　避开那重返心头的悲怆；

乐师唱起了岛上的一曲长歌，

唱的是往古——还没有暴政严苛。

合着歌手这古老歌调的节拍，

　她苍白枯瘦的手指轻叩墙壁；

歌手变换了题目，歌唱恋爱，

　这火热的字眼点燃了她的回忆；

梦影纷呈：她的过去和现在

　（如果这"现在"也算是活人的经历）；

从浓云密布的心坎，她泪涌如泉，

似山间濛雾化作纷飞的雨点。

唉！短暂的宽慰，虚幻的解脱！

　心思旋转得太急速，使她发了狂；

她霍然站起，好像从来没病过，

　见人就要打，像见了仇人一样；

可是她不叫不嚷，话也不说，

　这样的发作正是临死的迹象；

她这种疯癫并不狂喊乱骂，

想让她清醒，撞她，她也不说话。

有时，她神志似乎稍稍清醒；

　任凭怎样，也不看父亲一眼；

对各样东西，她都用两眼紧盯，

　可是认不出其中任何一件；

她拒绝吃饭穿衣，再怎么求情

　　也无济于事；她也拒绝睡眠，

换地方，磨时间，耍手段，喂药物，都白费，
睡眠的本能仿佛已一去不回。
十二个昼夜，她日益萎悴；终于，

　　不曾有呻吟、叹息或目光显示
临终的痛苦，芳魂便悄然离去：

　　那确切时刻，守在她身边的也不知；
直到阴影遮没了她颜面眉宇，

　　她那双明眸也已经凝固呆滞——
哦！那乌黑的大眼，那娇媚的眼神，
那炯炯照人的光彩，都一去难寻！
她终于死了。死的不止她一个：

　　在她的身上，怀着生命的第二代——
是罪孽之子，却清白，并无罪过，

　　没见过天日，便结束了小小的存在；
是未到阳世、先到阴间的过客，

　　娇花嫩蕊和枝叶同归凋败；
尽管有天国仙露淋漓浇洒，
救不活这霜摧的枯果，血染的残花！
她一生就这样度过，又这样结束；

　　从此再没有烦恼，再不会蒙羞。
她天性原不像那些冷血动物

　　能长年忍辱负重，至死方休；

她的日月虽短暂，却心欢意足，

　气运一尽，便不在世上淹留。
在这清幽的海岸，她静静长眠，
对这片土地，她生前那么依恋。
这一座岛屿如今已空空荡荡。

　屋舍倾颓，屋中人早已亡故；
海蒂和她的父亲葬在岛上，

　四下里不见人踪，荒凉满目；
谁也弄不清美人埋骨何方，

　没有墓碑，也没有活人讲述；
没有挽歌，只有悲号的大海
为基克拉迪的名花洒泪致哀。
有多少希腊少女以一曲恋歌

　咏叹海蒂的爱情，夸她的美艳；
有多少岛民为了把长夜消磨，

　讲她父亲的故事，夸他的勇敢。
她付出生命，抵偿她轻率的过错——

　谁犯这过错，都得把孽债偿还；
冤头债主，任何人休想逃掉，
爱神迟早，爱神要报复自身。